CONTENTS

下城米雪《カシロメユキ》 著
icchi《イッチ》 イラスト

え、社内システム全てワンオペしている私を解雇ですか？ 3

PB
PASH!ブックス
Shufu to Seikatsu sha

第7話　束《つか》の間《ま》の修羅場

私の名前は佐藤愛《さとうあい》。どこにでもいる平凡なサブカル女子だった。

だけど就職後の配属ガチャで大外れ！　パタパタと人が倒れる魔境に放り込まれちゃった！

でも負けない！　心の鎧《よろい》（物理）を装備した私は、仲間と共に聖域を生み出したのです！

その結果は、まさかの解雇！　やってらんないぜ！

自暴自棄になってメロンソーダをキメていた私は、幼馴染《おさななじみ》に誘われスタートアップ企業に再就職！

色々な出来事を経験した。そしてキラキラ輝くイベント会場で強く思った。

物語の主人公みたいになりたい。何かを全身全霊で追い求めてみたい。

だから夢を探すことにした！

その結果、私の日常にふたつの大きな変化があった！

ひとつは大天使メグミエル！　寂しいワンルームに降臨したかわいいの化身！

そして、もうひとつ……！

「……あの、何をしているのでせう？」

「愛の口に料理を運んでる」

あのねっ、今ねっ、推しに「あーん♡」されてるの！

「食べてくれ」

「……ぁぇっ、ぁぉ、ぁ、っぃぇ」

私の言葉は鳴き声となり、彼は首を傾《かし》げたりけり。まっこと雅《みやび》なお顔なり。

……落ち着くのです。韻を踏んでも問題は解決しませんわよ。

私は心の中にお嬢様を召喚して自分に言い聞かせた。

そう、お嬢様。彼の妹、音坂有紗《おとさかありさ》ちゃんと勝負したのは昨夜のこと。

目を閉じれば、玄関で抱擁を交わす兄妹の姿が瞼《まぶた》の裏に見える。

尊かった。私は溶けて液体となり、二人の時間に水を差さないようにこっそり帰宅した。

そして翌日。今日のこと。

ちょっぴり良い気分で出社して、いつも通りお仕事をして、お昼休みの時間になった。

翼《つばさ》が現れ、テーブルに弁当箱を置き、私に向かって「あーん♡」した。

……え、なんで？

テーブルの向こうから伸びる手には箸が一膳。その先には身体《からだ》に良さそうなきんぴらが少量。

完璧！　どの角度から見ても「あーん♡」であります！

……待って、待って。文脈、脈絡、脈拍、全部おかしいよぅ!?

翼フェイスには慣れたと思っていた。でも、え、無理、無理です。

だってだって、昨日までずっとお仕事モードだったから！

こんな柔らかい笑顔を急に見せられたら……心臓の鼓動で、地球が揺れちゃうよう！

「愛、また変になってる」

隣に座っているめぐみんが呟《つぶや》いた。

そうね、ほんと、変になっちゃうよこんなの。

でも大丈夫。もう落ち着いた。

まずは状況の整理から。私は彼に問いかける。

「あの、どうして急に、ご飯を？」

ちょっと言葉が足りないかもだけど意味は通じるはず。

彼は一度箸を引き、弁当箱の上に置いてから言った。

「有紗が元気になった」

「それは良かったです」

「うん。だから、お礼」

なるほど完全に理解した（してない）。

私が混乱する頭で状況の理解に努めていると、彼が次の言葉を口にする。

「この一ヵ月、愛を見ていた」

クリティカル！　愛ちゃんの心拍数が上昇した！

「食事が、とても雑」

痛恨の一撃！　愛ちゃんのメンタルが擦り減った！

「だから用意することにした」

彼は再び箸を持ち、私に「あーん♡」する。

「……えっと、あの、もしかして、手作りですか？」

「嫌か？」

「い、いぇ、あの、えっと……めぐみんも、見てるので」

「それはおかしい」

と、声を出したのはめぐみん。

「愛は恵《めぐみ》に同じことしたよ」

何のことだろう。いや、どれのことだろう。

心当たりが多過ぎて逆に困惑していると、彼女はいつもの無表情で私を見て言う。

「あの時は、もっと、人、多かった」

その言葉でピンと来た。

多分、二人で温泉へ行った時の話だ。

「今度は、恵が、見てるからね」

あわわわわわわ……話題を、話題を変えなきゃ！

「そ、そろそろ受講生が来ちゃうかも！」

「お昼、始まったばかり、だよ」

ぐぬぬ、めぐみん帰ったら覚えてろよ。

「つ、次の人は準備が大変で……」

「それなら早く食べて準備しよう」

お

翼しゃまっ、タイム、タイムください！

「ええっと、あのですね……」

私は迫り来る箸を見ながら逃げ道を探す。

隣からは天使の圧。正面からはイケメンの圧。頼みの受講生が来るのは数十分後。万策尽きたぁ！

――と、天を仰いだ直後。

「こんにちは」

ドアが開く音と同時に聞こえた声。それは私を窮地から救う希望の音。

「こんにちは！　今日は早かったですね！」

私は挨拶しながら顔を向ける。

現れた受講生は本間《ほんま》さん家の百合《ゆり》ちゃんだった。

彼女は無言のまま私達《たち》を順番に見ると、何か察した様子でパンと手を叩《たた》き、口を開いた。

「お姉さま餌付けごっこですね！　私も交ぜてください！」

彼女の声が狭い室内で反響する。

私は味方だと思った受講生が、実は敵なのだと理解した。

＊　＊　＊

背後には壁。正面にはイケメン。右側には天使。

そして左側は、たった今ゆりちに塞がれた。もはや退路は無ぃ。

「お姉さま、どうぞ」

左側から伸びるゆりちの箸。その先端には翼の弁当箱にあった玉子焼き。

なんてっ、なんて浅ましい子なの！　流れるように人の弁当に手を付けましたわよ！

「こっちも、食べて」

正面から伸びる翼の箸。その先端には変わらずきんぴら。

なんてっ、なんて眼福なの！　薄目で見れば乙女ゲームのスチルですわよ！

「……」

そして右側から伸びるめぐみんの指先。そこにはクッキーがある。

やめてくださいまし！　無言で押し付けないで！

「……ぁゎゎゎゎゎゎ」

まさかまさかの展開にあわあわする。

私の人生にこんな場面があるなんて、一体だれが想像できただろうか？

「お姉さま、私を選んでくれないんですか？」

ゆりちっ、その言葉わざとだな！　遊んでるな!?

「愛、そろそろ手が痛ぃ」

すみましぇん翼しゃま！　でもそのっ、無理っ、無理です！

「……」

めぐみん！　無言の圧やめて！　こら、クッキーで頬を突《つつ》くな！

「お姉さま、何を恥ずかしがっているのですか？　たまに見せるほぼ全裸みたいなコスプレに比べたら、こんなの平気だと思いますよ」

コス、プレ……？　そうだ、コスプレだ！

「ありがとう。ゆりち」

私は心の鎧に手を当てる。

それから上に着たコートをパージして、封印された「それ」を解き放った。

「……どうして、急に、脱いだの？」

「暑かったから！」

めぐみんがドン引きだけど気にしない！

今日のコスプレはバスケのユニフォーム！

有紗ちゃんとの一件で再熱した勢いのまま作った新衣装だぜ！

コスプレ元は偶然にも食いしん坊キャラで、他人の弁当を積極的に奪うタイプ！

つまり私が積極的に食べるのは原作再現！　恥ずかしくない！

「お姉さまかわいい〜！」

三人から差し出された料理をパクパク食べると、ゆりちが楽しそうに言った。

「まだまだあるよ」

翼はマイペースに次の料理を差し出した。私はノータイムでパクリ！

「私の方も食べてください！」

ゆりちも遠慮なく翼の弁当箱から次を取った。これも直《す》ぐにパクリ！

「……」

めぐみんのクッキーも即座にパクリ！

私は無限パクパク領域を展開することで、三方向から来る攻撃を完食することに成功した。

「ごちそうさまでした」

大きな達成感と腹八分目くらいの満腹感。

私がパチッと手を合わせて言うと、ゆりちが笑顔で質問する。

「ところでお姉さま、こちらのイケメンは？」

「音坂さん家《ち》の翼くんです。社員だよ」

ざっくりと紹介して翼に目を向ける。

彼は軽く頷《うなず》いて、ふんわりとした雰囲気で言った。

「よろしくね」

「あ、はい、どうもです」

ゆりちは普通に会釈すると、カッと床を鳴らして私の隣に立つ。

「お姉さま、もうひとつ教えてください」

そして私の肩に肘を置いた。

謎の圧力がある。恐る恐る目を向けると、彼女は低い声で言った。

「どうしてイチャイチャしてたんですか？」

その一言で私は察した。

本当の修羅場は、ここからだ。

「ゆりち聞いて。違うの。そういうアレじゃないの」

「めぐみん」

ゆりちがパチッと指を鳴らして言った。

私は謎の合図に戸惑いながらめぐみんを見る。

彼女は何度か瞬《まばた》きをした後、無表情のまま口を開いた。

「愛、ここ最近、夜――」

「めぐみん待って！　それ絶対誤解を生むパターンだから！」

咄嗟《とっさ》にめぐみんの口を塞ぐ。

ジトッとした目で見られたけど知らない。ここは絶対喋《しゃべ》らせな……ん？

「ゆりち？　この手、何？」

「お姉さまこそ。この手、何ですか？」

彼女の両手が私の手首を摑《つか》み震えている。

目的は明らか。きっと封印を――めぐみんの口を解き放つことだ。

「誤解と聞こえましたが？　何か聞かれたくないイベントがあったようですね？」

「……いや？　べつに大したことないけど、ちょっと取り扱い注意、みたいな？」

ニコニコ笑顔のゆりちに私も笑顔で対抗する。絶対に負けられない戦いである。

「翼さんでしたっけ？　説明して頂けますか？」

ゆりちは子供を叱る直前の先生みたいな口調で言った。

彼の口を塞ぐことはできない。私はとにかく祈りを込めた視線を送る。

「妹が、お世話になった」

「具体的に、どのように、お世話になったんですか？」

「一緒に、アニメを観《み》た？」

「へ、へー？　それは、いつ、どこで、どれくらい？」

……ゆりちメッチャ聞いてくる。

私が内心で怯《おび》えていると、翼は微《かす》かに首を傾けながら言った。

「夜に、妹の部屋で、一時間くらい？」

「ふしだらです！」

「何が!?」

私は反射的に叫んだ。ゆりちは私の両肩を摑み、ぐわんぐわん揺らしながら言う。

「夜に！　部屋で！　二人きりなんてぇ！」

「いやでもほら、女の子同士だから」

「訳の分からないこと言わないでください！」

「どっちが!?」

狭い事務所に私の声が反響する。

その後も愉快な発言に振り回され、私は何度も絶叫した。

楽しいと思った。心から笑える時間だった。


きっとこれは、束の間の休息。


四月に終わる見込みだった開発は、有紗ちゃんの一件を経て二ヵ月も早く完了した。

出張を続けている二人も、そろそろ戻ってくる予定となっている。

きっと直ぐに次の挑戦が始まる。

ぶっちゃけ私はケンちゃんがやっていることを全く知らない。出張の目的すら聞いていない。

私に分かるのは、恵アームをスマホアプリのように誰でも簡単に扱えるモノが必要ということだけ。

だから作った。これを使って誰かが何か開発することは分かる。逆に、それ以外は全く分からない。

私の頭に浮かぶのは愉快な夢物語。あるわけないよねと笑ってしまうような内容ばかり。だけど現実は、そんな想像を軽々と飛び越える。例えばそれは、今日の仕事が終わった後の出来事だった。

＊　＊　＊

最後の受講生が帰った後、私は「ん～」と声を出しながら伸びをした。

それからポフッと背もたれに頭を乗せて、ぼんやり天井を見上げる。

「……色々あったなぁ」

呟いて、目を閉じた。

心地よい倦怠感《けんたいかん》がある。ひたすらパソコンをカタカタしていただけなのに、それこそバスケの試合に出た後みたいにヘロヘロだった。全身が重くて、なぜか脚にまで筋肉痛みたいな感覚がある。

私は学生の頃、パソコンを使ったデスクワークなんて楽だと思っていた。

だけど実際に働き始めて思い知った。全然楽じゃない。

今はまだ無理ができるけれど、もう少し歳《とし》を取ったら徹夜とかできなくなるのだと思う。

「お疲れ様」

翼の声。目を開けると、彼は私に紙コップを差し出した。

「ありがとうございます」

身体を起こして、それを受け取る。

湯気と色から察するに、中身はミルクを入れた後のコーヒーだろうか？

「あらためて、有紗のこと、ありがとう」

翼はテーブルを挟んだ向こう側に座って、真剣な様子で言った。

「有紗ちゃん、何か言ってました？」

「少し時間が欲しいと言っていた」

「……そうですか」

「心配することはない。あれは、昔と同じ目付きだった」

「それは良かったです」

ところで現在の彼はお仕事モードである。

しかし！　今、一瞬だけ！　ふんわりとした笑顔を見せてくれた！

それを見て私は、私は、わた、わ、わたた、わ……わふぅ。

「お礼がしたい」

その声で我に返り、反射的に背筋を伸ばす。

遠慮の言葉は無粋だ。彼は有紗ちゃんを大切にしている。素直に受け入れよう。

「俺の全てを差し出す」

全て。どこか大袈裟《おおげさ》な表現に返す言葉が浮かばず、私はパチパチと瞬きをする。

「今後、愛が何か困ったとき必ず手を差し伸べる。回数に制限は無い。俺が持つカネやコネ、全てを使って助力すると誓う」

私は軽く口を開けて、やっぱり返す言葉が浮かばず、お目目をパチパチする。

「俺の全てを、愛に捧《ささ》げる」

……恥ずかしいセリフ禁止！

やっばい。顔あっつい。背中ムズムズする。

「すまない。何か困らせてしまっただろうか？」

私の感情が顔に出ていたのか、彼はどこか不安そうな様子で言った。

「いえっ、そんなこと。素直に嬉《うれ》しいです。ただちょっと、ビックリしました」

努めて冷静に否定して、それから冗談っぽく言う。

彼が有紗ちゃんを大事に思っていることは知ってる。だから純粋に感謝の言葉だったと理解できる。

「なんというか、その、プロポーズみたいだなって」

「プロポーズ。そうか、その手段もあったか」

……ん？

「愛が望むなら、婚約しようか。その方が財産のやりとりも都合が良い」

「……こんにゃく？」

私は現実逃避した。

「婚約」

しかし現実に引き戻されてしまった。

「……そんな日本語、あったかな」

「結婚の約束という意味だ」

「……将来的に社交界で破棄されるあの？」

「そうはならない。俺は王子様ではないし、愛も悪役令嬢ではない」

「……ほへー」

衝撃的な発言を聞き、私の脳はメモリを使い果たしてフリーズした。

それから無意識領域に回された情報がゆっくり処理され、確かな理解を伴って意識に舞い戻る。

「――くぇっこぉんぁ!?」

私は叫んだ。

「……えっ？」

その直後、驚きゲージが天井を突き抜け、むしろ冷静になった。

「ええっと、ただのお礼で、そこまですることないですよ」

「初めて異性に魅力を感じた」

彼は私の言葉に被《かぶ》せるようにして言った。

そのストレートな表現と真剣な眼差《まなざ》しが、これまでに経験したことのない感覚を私に与える。

私は唇を噛《か》み、俯《うつむ》くことで彼から目を逸《そ》らした。

その瞬間、ちょうど視界に入ったスマホが震える。

「メールかな!?」

私は大喜びでスマホを手に取った。

「ケンちゃんだ」

会社のメーリングリストに向けた連絡。

本文は、明日の午前中に帰国するというだけのシンプルな内容。

「久々に全員揃《そろ》いますね！」

私は話題を逸らすつもりで言った。だけど言葉は続かなかった。

翼が怖いくらいに真剣な表情でスマホを見ている。

彼はスマホをテーブルに置き、何か思案する様子で目を閉じた。

……個別に連絡があったのかな？

私は邪魔をしないように口を閉じる。

「仕事に戻る」

やがて目を開いた彼は、少し早足で事務所を出た。

「……圧、やば」

ドアが閉まった後、私は脱力しながら呟いた。

お仕事モードの翼は常に威圧感を放っているけれど、ケンちゃんが関わった時のそれは特にエグい。

私は胸に手を当て、呼吸を落ち着けるために深く息を吸い込む。それからソファの上で横になった。

翼がどのような連絡を受けたのか気になるけれど、今はそれを考えても仕方がない。

私に分かるのは、ケンちゃんが帰ってくるということだけ。

それだけなのに、なぜかワクワクした。

何か新しいことが始まる。そんな予感がした。

第８話　新しい世界

私がこの会社で働き始めてから、そろそろ一年が経《た》つだろうか。

事務所には、ふたつの部屋がある。

ひとつは受付スペース。正直あんまり使われていなかったけれど、めぐみんが来てからは彼女の作業場所となり、コーヒーメーカーが置かれたりと生活感が増した。

もうひとつは接客スペース。主な活動場所であり、こちらの様子は一年前から何も変わらない。中央のテーブルと、それを挟むソファ。それから隅っこにケンちゃんの勉強机がひとつあるだけ。

それでも、久々に皆《みんな》が集まると新鮮に感じられた。

私はいつも通りソファに座り、隣にはめぐみんが座っている。

テーブルの向こうにはケンちゃんとリョウ。二人とも少し雰囲気が変わったような気がする。

そして翼《つばさ》は、いつかと同じように、少し離れた位置で壁に背を預けて立っていた。

「さて、始めようか」

ケンちゃんの一言で場の空気が引き締まる。

私は少し前の反省会を思い出して、こっそり翼に目を向けた。

予想通り、彼は鋭い目でケンちゃんを見ている。有紗《ありさ》ちゃんの一件で見慣れた視線だけど、それでも威圧感を覚えるくらいだ。しかし私の幼馴染《おさななじみ》はケロッとした態度で話を続ける。

「今日この場で決めたい点はふたつ。本当は直《す》ぐにでも議論したいけど……」

ケンちゃんはテーブルに肘をつき、額に手を当てて俯《うつむ》いた。

どうしたのかな？　少し心配な気持ちで見ていると、私達《たち》を代表して翼が質問した。

「何か問題があるのか？」

ケンちゃんは直ぐに答えない。

俯いたまま、一度長い息を吐いてから言った。

「時差ボケで頭が回らない」

「丁度良い。俺も寝起きで辛《つら》かったところだ」

急にかわいいやりとりするのやめて貰《もら》えます？

「……ごめん、また出直すよ」

ケンちゃんが立ち上がると、隣で澄ました顔をしていたリョウが微《かす》かに引き攣《つ》った表情を見せた。

私はふと隣を見て、咄嗟《とっさ》に笑いを堪《こら》える。めぐみんが、それはもう絶妙な表情をしていた。

「ああそうだ、ひとつ報告がある」

翼がケンちゃんを呼び止めた。

ちょうど私の目の前。翼はケンちゃんを見て、眠そうな表情で言う。

「愛《あい》にプロポーズした」

一瞬、時が止まったように感じられた。

全身から変な汗が溢《あふ》れ出る。大騒ぎしたいのに、感情が迷子になって逆に動けないし喋《しゃべ》れない。

視線の先には幼馴染の背中。

しばらくして、彼は呟《つぶや》くような声で言った。

「目が覚めた」

それから私がいつもするようにパンと頬を叩《たた》き、振り返る。

そして、以前とは別人のような雰囲気で話を始めた。

＊　＊　＊

ビジネスの話。

ただでさえ難しい話なのに、私は爆弾を落とされた直後でさっぱり頭に入らない。

……もうちょっと、気にしろよ。

プロポーズなんて言葉が出たら、普通は「どういうこと!?」となるはず。

しかしケンちゃんは一言も疑問を口にせず、法人営業が云々《うんぬん》という話を淡々と続けている。

……ダメダメッ、集中しないと！

唇を噛《か》み意識を切り替える。

せめて私に関係のある部分だけでも理解したい！

「最も重要なのは、川辺公仁《かわべきみひと》に情報を与えないこと」

「最大手《さいおおて》を敵に回すのか？」

「口説くよ。でも今じゃない。彼に対しては先手を打ちたい」

なるほど、さっぱり分からん。後でメールを熟読しよう。

私が心の中で呟いた後、ケンちゃんは翼にスマホを手渡した。

「このリストにある会社を口説きたい」

翼はスマホを受け取り、画面に目を向ける。

そして数秒後、とても不機嫌そうな声で言った。

「ふざけているのか？　カーグリーバーと関係のある会社ばかりだぞ」

「個人に当たる」

「……ああ、そういうことか」

翼は軽く息を吐いた後、とても冷たい態度で言った。

「気が乗らない」

メッチャ怖い。思わず姿勢を正しちゃうレベル。

私がビクビクする中、翼は、いつかの反省会を思い出すような低い声で言う。

「人脈は消耗品だ。その案を実行すれば確実に擦り減る」

「無茶な要求なのは理解してる。だけど翼は断らないはずだ」

ケンちゃんは堂々とした態度で言った。翼は睨《にら》むような目で返事する。

「根拠を言ってみろ」

「佐藤《さとう》さん」

どうしてそうなった？

「これからボク達が売るのは、彼女が作ったモノだ」

自信満々の言葉。私は腹ペチしたい衝動をグッと堪え、静観を続ける。

「……分かった」

え、うそ？　納得しちゃった？

「Bは終わり。次、Cについて」

驚く私を置き去りにして、ケンちゃんは謎の記号を口にした。

……こいつ、本当に何があったの？

私の知る彼からは考えられない態度だ。あの翼を納得させたのに、さも当然のことをしたかのような顔をしている。少しだけ、その態度が怖いとさえ思える。

「佐藤さんにお願いがある」

突然過ぎる二度目の名指し。

私は内心慌ててた。だって議論を全く理解してない。さっきから別のことを考えてばかりだ。

「バーチャルアイドルを探して欲しい」

「……ええっと、なんで？」

「恵《めぐみ》アームを一気に広めるために」

ごめん、さっぱり分からない。とは言えず、私は考える素振りを見せた。

「条件とかある？」

「四つある。企業に所属していないこと。ファンの人数が十万人を超えていること。ＳＮＳで問題発言をしていないこと。そして、直接会って仕事の話ができること」

「なるほどね」

私は悩む。正直、バーチャルアイドルは守備範囲外なので詳しくない。

でも今のケンちゃんに「分からない」と言ったら腹立たしい言葉が返ってくる予感がするので嫌だ。

……持ち帰らせて頂きましょう。

そう思った瞬間、不意に袖を引かれた。

「めぐみん？」

私が疑問の声と共に目を向けると、彼女は微かに緊張した様子で言った。

「……心当たり、あるよ」

好き。

＊　＊　＊

会議の後、男性陣は営業へ赴き、めぐみんも準備があるとかで帰宅した。

残された私は塾講師として働き、やがてぽつんと寂しいお昼休憩が始まった。

「解せぬ」

私は一人、呟いた。

何かこう疎外感がある。

「あいつめ……」

ケンちゃんの話は難しかった。

もちろん自分にビジネス的な知識が欠けている自覚はある。

だけど、そもそも私に理解させるつもりが無かったように思える。

「翼とイチャイチャしやがって……」

もしも話し手が翼や神崎《かんざき》さんならば、仕方がないと思えたかもしれない。でも相手はケンちゃんだ。

何やら雰囲気が変わっていたけれど、私の中にある印象は、そう簡単には変わらない。

あの泣き虫な幼馴染が「まあどうせ佐藤さんには理解できないからな」とでも言わんばかりの態度でマシンガントークをしやがった。話が頭に入らなかったのは、半分くらい彼のせいだ。

許されない。断固として抗議しなければならない。

私が拳を握り締めた直後、事務所のドアが開いた。

目を向ける。現れたのは、生意気な幼馴染だった。

「何しに来たんだよ」

そっぽを向いて問いかける。

「山田《やまだ》さん、外出中？」

「帰ったよ。準備があるんだってさ」

「そっか」

彼は興味なさそうに言って、私の隣に座った。

「なんだよ」

べつに身体《からだ》が触れるような距離ではない。

だけど私は端まで移動して、唇を尖《とが》らせる。

彼はソファに浅く座り、目線を床に向けて言った。

「……翼と、仲良くなったみたいだね」

その遠慮がちな声を聞いて何だか気持ちが楽になる。

うむうむ。この弱そうな雰囲気こそケンちゃんだ。

さて、どう料理してくれようか。私が考えていると、彼は呟くような声で言う。

「プロポーズ、受けるの？」

「なにゃ!?」

思わず大きな声が出た。完全に不意打ちだった。

「あれはきっと感謝の気持ちというか、そんな感じの文脈で、つまりその、えっと……」

私は息を止めて唇を噛む。そのまま少し間を置いて、軽く息を吸った後で、努めて冷静に声を出す。

「……どうしたら、良いと思う？」

間違えた。予定と違う。

予定ってなんだ。知らない。やばい混乱してる。

「ごめん。今の無し。忘れて」

両手で顔を隠す。

焦りやら何やらで頭が真っ白だった。

「仕事の話、してよ」

話題を変えるため、少し強引に言う。

「何やってるか全然分からん。教えろ」

彼とは反対側にある壁に向かってカタコトで言った。

やけに騒がしい心臓の鼓動を感じながら、私は返事をしない幼馴染に続けて問いかける。

「なんで急にバーチャルアイドル？」

「……佐藤さん、話、聞いてなかったでしょ」

ケンちゃんは溜息《ためいき》まじりに言った。

正直いくらか思うところはあるけれど、私は素直に謝罪の言葉を述べることにした。

「……ごめん。集中できなかった」

「そっか。じゃあ、どこから説明しようかな」

優しい。会議中の雰囲気はトゲトゲしてたから、てっきり怒られると思ってた。

「シンギュラリティって覚えてる？」

「特異点だよね。覚えてるよ」

私は軽いドヤ顔を披露した。

意味は……なんだっけ？　百年後を一秒後にできるんだっけ？

「断言するよ。シンギュラリティは、今から十年以内に始まる」

私は「へー」と思った。

なんだか凄《すご》そうな印象はあるけれど、具体的に何が凄いのかはイメージできない。

「ボクは、シンギュラリティの後に人工知能だけの社会が誕生すると考えている」

「何それ。人類、滅ぼされちゃう？」

「それはフィクションの話だね。人工知能が生きるのは、仮想世界だよ。人類と争う理由が無い」

「仮想世界？　そんなの作って何するの？」

「実験をするんだ。現実では不可能だったり、膨大なコストが必要となる実験でも、仮想世界なら安価かつ容易に実現できる」

ケンちゃんは軽く息を吸い込む。

「要するに、世界が変わる」

そして、とても真剣な様子で言った。

強い緊張感が伝わってくる。だけど具体的なイメージは全く思い浮かばない。

「今の話が、バーチャルアイドルと、どういう風に関係するの？」

「例えば、人工知能に仮想世界を提供するのは、誰だと思う？」

「知らない」

「もう少し考えてよ」

ケンちゃんは困ったように笑った。

その何気ない反応を見て、私は安堵《あんど》する。

良かった。やっぱり、いつものケンちゃんだ。

「まあ、正解だけどね。今の問いに対する答えは誰も持っていない。だからボク達がその役目を担う」

それは、あっさりとした発言だった。

最近ちょっと肩が重いんだよね、くらいのテンションだった。

だから私は、それがとんでもない発言だと理解するまでに数秒を要した。

「……できるの？」

「やるんだよ。このプランを実現するための第一段階として、バーチャルアイドルが必要なんだ」

「……なるほど」

将来、人工知能だけの社会が仮想世界の中に誕生する。だけど現在、そんな仮想世界を作る技術は無い。だから私達が作る。そのためにバーチャルアイドルの力を借りる。

……なんで？

繋《つな》がらない。一瞬だけ納得しかけたけど、やっぱり分からない。

「仮想世界を作りたいのに、どうしてバーチャルアイドルなの？」

「仮にボク達が完璧な仮想世界を完成させたとして、それを誰が使ってくれる？」

「それは……仮想世界に興味のある人とか？」

「そうだね。宣伝を続ければ人が集まるかもしれない。だけどボク達が人を集める間に、お金を持った企業が類似サービスを生み出して、一気に人を獲得する。そしてボク達の前には誰も残らない」

「……まあ、確かに、そうかも」

私は唇を結んだ。人工知能だけの社会とかいうファンタジーな話をしていたのに、急に現実の世界に引き戻されたような気分だ。

「良いモノを作れば売れるわけじゃない。この言葉、ボクは間違っていると思う。物事の価値は、お客さんが決めるからだ」

彼は私の目を見て言う。

「君は必ず世界一のモノを作る。だけど作った時点では全く価値が無い。本当の意味で良いモノを作るためには、沢山の人を集めて、良いと認めさせる必要がある。それは、ボクの仕事だ」

私は思わず呼吸を止めた。

ちょっとだけ、本当にちょっとだけ、かっこいいと思った。

「現時点で仮想世界を利用している人を一気に獲得したい。そのためにバーチャルアイドルの力を借りる。こんな説明で伝わるかな？」

「……うん、納得した」

イメージできた。彼の思い描く未来が少しだけ頭に浮かんだような気がする。

「先の長い話だね」

「そうだね。だけど、のんびりやるつもりは無いよ」

私は急に背中がヒリヒリするような雰囲気を感じた。

理由は分からない。不思議に思っていると、彼は微かに目を細めて言った。

「シンギュラリティが始まるのは何年か先だけど、その瞬間を見据えているのはボクだけじゃない。特に、川辺公仁は動きが速い」

出た、川辺さん。誰なのかな。後でググろう。

「ボクは以前のような失敗を二度としない」

彼が「以前」と言ったのは、多分イベントのこと。

私達は新社長の妨害を受けて顧客を奪われた。その出来事について、彼は責任を感じている。

「君と山田さんが完璧なハードとソフトを用意した。これ以上は無い程にリアルな触覚と、誰でも簡単に扱える開発環境。これらに価値を与えるのはボクの仕事だ。競合に付け入る隙なんて与えない。敵は全て潰す」

ゾクリとした。

潰すなんて言葉、以前までの彼からは絶対に出てこない。

「……ケンちゃん、やっぱり変わったね」

「そうかな？」

「変わったよ。上手《うま》く言えないけど、雰囲気とか、色々」

怖くなった。

ストレートに伝えるのは違う気がして、口ごもる。

「君の方こそ、随分と大人しくなったね」

私は思わず彼を見た。

「何か悩みでもあるのかな？」

相手の心を覗《のぞ》き見るような目。

私は一瞬、神崎さんのことを思い出した。

「……何それ？　遅れてきた中二病か？」

虚勢を張った。

彼は生意気な微笑を浮かべて立ち上がる。

「さて、そろそろ行くよ。バーチャルアイドルの件、よろしくね」

「……ほーい。そっちこそ、がんばってね」

私はバイバイと雑に手を振った。

「もちろん。またね」

彼は事務所を後にした。

私は少し時間を置いてから脱力して、ソファの背もたれにグッタリと体重を預ける。

「……何が、大人しくなったね、だ。バーカ」

彼の口調を真似《まね》した後、虚空に向かって悪態を吐《つ》いた。

不愉快だけど否定できない。私は大人しくなった。

前の会社を解雇された直後はヤケクソだったというか、怒りをエネルギーに変えていたというか……

とにかく少し特殊な事情があったけれど、それを抜きにしても、最近かなり悩むことが増えた。

自分のことが分からない。

自分が何をしたいのか、何を求めているのか分からない。

多少は吹っ切れた。私は凄い。あの神崎さんが褒めてくれる程度に凄い。周囲からも頼られている。

だから胸を張ることにした。オルラビシステムのことだって、いくらか心が晴れた。

後は前に進むだけ。そのはずなのに、目的地が分からない。足踏みしている自覚がある。

だから色々な人から話を聞くことにした。

だけど結局、私は自分自身の夢や目標を見つけられなかった。

それでも時間は止まらない。次々と新しいイベントが発生する。

せめて悩み事を表に出さないようにしている。周囲の期待を裏切りたくないからだ。

だから、その分だけ一人の時に悩んでしまう。

それはまるで佐藤愛のコスプレをしているような気分だ。

私は周囲が求める自分を演じている。

「どっちが中二病だよ」

自虐するように呟き、笑った。

自分を演じているなんて、思春期か就活生みたいな悩みだ。

「んがぁ！」

叫んで、髪の毛を両手でガシガシする。

もやもやウジウジしていても仕方が無い。できることに集中しよう。

とりあえず塾のお仕事。帰ったらめぐみんと話をする。それからバーチャルアイドルを探す。

他のことは、ひとまず後回しだ。

「……よしっ」

パンッ、と頬を叩いて気持ちを切り替える。

こうして私は、新しい世界の入り口に立ったのだった。

第9話　バーチャルアイドル

きゅるるん！　皆《みんな》のアイドル、ラブ・シュガーだよ！

今、私の前には沢山の美少女が集まっています！　右を見ても左を見ても本当にかわいい！

もしも現実なら絶対に良い匂いがします！　それを心の中で大きく吸い込み、私は叫びます！

「皆ぁ！　今日は集まってくれてありがとぉ！」

わぁぁ、大きな歓声が聞こえました！

とっても野太い！　男性比率が九割くらいの重低音です！

おかしいなあ!?　美少女しか見えないのになあ!?


仮想チャット。


仮想世界に可能性を感じちゃった人々がススメ↓トゥモロウして様々な文化を生み出した場所。

ユーザーは各々が用意したアバターに受肉して様々なイベントを楽しんでいる。

参加者の大半は美少女！　でも近寄って声をかけると高確率で野太い返事！

さてここで問題です。偽の美少女だらけの世界に、真の美少女が降臨したら何が起こるでしょうか？

そらもうモテモテってことよ！　がはは！

「愛《あい》、仕事して」

「待ってめぐみん。もうちょっと。もうちょっとだけチヤホヤされたい！」

もちろん目的は遊ぶことではない。

私はめぐみんと共に、とある人物を捜して仮想チャットに参加した。


時は、数時間だけ遡る。


場所は自室。

仕事を終え帰宅した私は、ミニテーブルを挟み同居人と向き合っていた。

「これを使う」

めぐみんの第一声である。

ミニテーブルにはゴーグルと黒い手袋が置かれている。

手袋の傍《そば》にはスマホサイズの機械があり、指先から伸びているフラットケーブルで繋《つな》がっている。

多分、この手袋はバーチャル的なあれこれをするための道具なのだろう。

「ハプティクトグローブ」

「ハプティ……ああ、触覚技術をハプティクスって呼ぶんだよね。そういう感じの名前かな？」

「正解」

私は「へー」と声を出しながら、それを手に取った。

「機械っぽいね」

恵《めぐみ》アームと比較した感想。

私は初めて恵アームを見た時、普通のアームカバーだと思った。

でもこれは違う。一目で何か特別な機械だと分かる。

「恵アームの勝ちだね」

「ん。でも、今日はまだ、我慢だよ」

せっかくだから自分達《たち》の技術を使いたい。だけど公開前の技術を使うのは無理。

なぜなら恵アームは、まだこの世界には存在しないことになっているからだ。……かっこいい。

「仮想チャット、やるよ」

めぐみんが説明を始めた。

「ターゲットは、小鞠《こまり》まつり」

「はい先生、画像とかありますか？」

めぐみんはミニテーブルに置いたノートパソコンを操作して、私を手招きした。

「こんな感じ、だよ」

その声は心なしか普段よりも弾んでいるように聞こえた。

私は推しを布教する姿に親近感を覚えながら画面を見る。

左側にスタンドマイク。右側に美少女。背景は真っ白。

「歌う感じ？」

私が質問すると、めぐみんは首を縦に振った。

「音、出すよ」

めぐみんが再生ボタンをクリックした。

動画が動き出し、小鞠まつりはスッと息を吸った後で歌い始める。

「メッチャ上手《うま》いね」

めぐみんに素直な感想を伝えると、彼女は得意気な表情を浮かべた。

「スカウト、するよ」

「メールとか出せばいいのかな？」

「無理。連絡先、無い」

「え、それどうやってスカウトするの？」

「仮想チャットに現れるらしい」

「なるほど！　会って話をするわけだね！」

彼女は首を縦に振った。

というわけで仮想チャットに参加するための準備開始。

私はめぐみんの指示に従って、いくつかのソフトをインストールした。

「意外と早く終わったね。あとは普通に起動するだけ？」

「まだ。設定、変える。パソコン貸して」

私はパソコンの操作を譲った。

彼女は初手でUSBメモリを差し込み、いくつかのファイルをデスクトップにコピーする。それから
コマンドプロンプトを立ち上げて、カタカタとキーボードを鳴らし始めた。

やってることは……うむ、さっぱり分からん。

手伝えることは無さそう。だから、その間に仮想チャットの予習でもしようかな。

早速スマホをポチポチして検索する。

ええっと？　仮想世界を自由に動きながら他のプレイヤーとの交流を楽しむサービスで？

「あれ、パソコンだけでも遊べるの？」

「そうだけど、ハプロブ使うから」

めぐみんは操作を続けながら返事をする。

「もうちょっと、待ってね」

「うん、よろしくね」

私は情報収集を再開する。正直、目的を考えればパソコンだけで十分だ。

でも、めぐみんが楽しそうなので、水を差すような発言は控えることにした。

そして激しいタイピング音を聞きながら、ふと、彼女が居なかったら大変だろうなと思う。

……私達が作ってるモノの恩恵って、こういうことなのかな？

何か新しい技術に触れる時、最も大変な作業のひとつは環境構築である。

必要なモノが揃《そろ》った後でも、それを使うためだけに何時間も作業が必要だったりする。

もしも、この大変な作業がボタンひとつで終わったら？　……それはそれは革命的なことである。

私達が開発したプラットフォームの目的は、まさにこれだ。

今めぐみんが行っているような作業をボタンひとつで終わらせる。そのために開発した。

実際、できる。頭の中にいくつも方法が思い浮かぶ。だけどこれは開発者だから言えることだ。

例えば、パソコンに強くない人でも簡単に使えるだろうか？　……いや、難しい。

もっと工夫する余地がある。現状では、開発をしないユーザーの利便性が考えられていない。

そもそも、ユーザーにとって便利な機能を作るための開発者向け機能を充実させる必要がある。

……ふっ、これが潜入調査か。

ちゃららららんっ♪　愛ちゃんはレベルアップした！

「お待たせ」

めぐみんが言った。どうやら設定が終わったようだ。

私は専用機器を装備して、仮想世界にログインする。

「リンク・スタート！」

「……ん？」

ネタが伝わらなかったことはさておき、私は仮想世界に入門を果たした。

それから色々な人に話を聞き、声を褒められ、気が付いたらミニライブを開催していた。

めぐみんには怒られた。

そして結局、小鞠まつりには会えなかった。

しかし人が集まったおかげで有益な情報が手に入った。

毎週木曜日、午後八時。

その時間に小鞠まつりがイベントを開催しているようだ。

しかし人数制限がある。ライブ会場が公開されてから先着で五十名のみ。

さらに情報提供者曰《いわ》く、その枠はいつも一瞬で埋まってしまうらしい。

「ツール、作ろう」

ログアウト直後、めぐみんがキラキラした声色で言った。

「……ちょっと、待ってね」

私は視覚用デバイスを外した後、口に手を当てる。

「……これ、かなり酔うね」

ＶＲ酔い。言葉だけは聞いたことがあるけれど……まぁ、とにかく吐きそう。

「そのうち、慣れるよ」

一方で、めぐみんはケロッとしている。これまでも研究で寒さ耐性を見せられたり、温泉で絶対無敵の髪質を見せられたりしているけれど、やはり彼女は新人類なのだろうか。

「……ごめん、ちょっと、席外すね」

楽しい思い出と、その後の苦しみで、差し引き若干のプラス。

初めて体験した仮想チャットに対する印象は、そんな感じだった。

＊　＊　＊

翌朝。少し早起きした私は仮想チャットにログインした。

ここは朝の運動ワールド。名前の通り朝の運動をするための仮想世界である。

床は黄土色。見上げれば晴れ渡る空。前方には謎のボードがふたつ。

ボードにはそれぞれ現在時刻と参加人数が記されている。

参加人数、三十七人。私の目に映るアバターの九割は美少女。

でも、なぜだろう？　先程から聞こえる挨拶は男性の声ばかりである。

……いいえ、考えたら負けです。そういうものなのです。

私は心を無にして、静かにボードを見つめる。

やがてデジタル表示の時計が六時を示した時、ボードの真下に巨大なスクリーンが現れた。

「バーチャル体操ぉ！　第一ぃ！」

仮想世界に大地が震えるようなバリトンボイスが響き渡る。

そしてスクリーンに修道服姿の女の子が映り、小さな手足を目一杯に動かして体操を始めた。

「……なにこれ」

とりあえず見本に従って体操する。

昨夜、私は「朝の体操イベントがあるよ」という面白そうな情報を得た。

だから早起きして参加することにした。せっかくなので、仮想世界を楽しもうと思ったからだ。

朝の体操。もっと楽しい絵面を想像していた。しかし現実は非情である。

仮想チャットに集まった約四十人の美少女達は談笑することなく黙々と体操している。

「……シュールだ」

心を無にして踊る。

体操が終わると「おつかれっしたー！」という野太い声が聞こえ、美少女達が列を作った。

私は相変わらずの低音に謎の心地よさを覚えながら、とりあえず列の最後尾に並ぶ。

……まるで同人誌即売会の待機列。

訓練された美少女達による無駄に統率された無駄のない無駄に綺麗《きれい》な列。

私の順番が来たのは、だいたい五分くらい経《た》ってからだった。

「あら、初めて見る方ですね」

列の先に居たのは、スクリーンに映っていたシスターさんだった。

小さくてかわいい。身長設定は百二十センチくらいだろうか。

私は軽く目線を下に向けて挨拶する。

「ラブ・シュガーです」

「マリアです。よろしくお願いしますね」

その笑顔を見て思わず胸がキュンとなった。最新の３Ｄモデルしゅごい。

しかし彼女は男性である。最初に聞こえたバリトンボイスの出所は間違いなくここだ。

「スタンプカードはお持ちですか？」

「持ってないです」

「それは残念です。明日も参加されるのであれば、是非ダウンロードしてお越しください」

彼女は手に持っていた巨大な棒を私に向けた。

よく見るとスタンプだ。先端に「えらい！」と記されている。

「スタンプが集まると何かあるんですか？」

「達成感があります」

「大事ですね」

「しかしそれだけでは寂しいので、私に懺悔《ざんげ》する権利が与えられます」

「懺悔」

日常生活でなかなか出てこないワードを思わず復唱してしまった。

マリアさんはふふふと静かに笑った後、私に提案する。

「ご新規さんは二ヵ月振りです。特別に、体験懺悔しますか？」

「やります」

私が返事をすると、彼女はスタンプを地面に置き、胸の前で両手を握って目を閉じた。

「聞きましょう」

雰囲気メッチャそれっぽい。

私は少しワクワクしながら彼女と同じポーズで懺悔する。

「……昨日、冷蔵庫にあっためぐみんのプリンを食べてしまいました」

「それは大変です。国際指名手配されても文句を言えないような大罪です」

穏やかなバリトンボイスが聞こえる。

私は色々なことに目を瞑《つぶ》り、彼女に問う。

「わたくしは、どうすれば良いのでしょうか」

「黙っておきましょう」

それはもう悪魔のような提案だった。

「ギリギリまで目を背け、あわよくば相手が忘れてくれることを祈るのです。システム改修のように」

極一部にしか伝わらない比喩表現。彼女はシステム屋さんなのだろうか？

いや、違う。ここはバーチャルの世界。目の前に居るのは、ちょっと声が低いだけの美少女だ。

「……許されるでしょうか」

「とある邪神は言いました。バレなければ犯罪ではありません」

「その邪神、這《は》い寄りますか」

「うー」

「にゃー」

私達は握手を交わした。オタクが通じ合った感動の瞬間である。

「シュガーさん、フレンドになりましょう」

「はい、喜んで」

フレンド。相手のログイン状態と居場所が分かるようになる機能。

「ふふふ、これでシュガーさんの居場所はいつでも筒抜けです」

そう言ったマリアさんの目から光が消えた。

「わ、すごい。ヤンデレ目できるんですね。どうやってるんですか？」

「禁則事項です」

またもオタクにだけ伝わるネタである。マリアさん、私と年齢が近いかも？

「ところでシュガーさんは、どうしてこの世界に来たのですか？」

「実は、人捜しです」

「生き別れの妹さんですか？」

「はい、実は三年前に……ではなく、アイドルです。小鞠まつり、知ってますか？」

質問すると、シスターさんは真顔になった。表情差分すごい。

「ライブ目的ですか？」

感情の薄い声。まさか、ライブ入場を狙うライバルだったりするのだろうか？

私は悩む。素直に目的を伝えるべきか、ごまかすべきか。

……触覚のことだけ隠せば大丈夫だよね？

オタクに悪い人は存在しない。私は先ほど感じた友情を信じて、話すことにした。

「実は、スカウトが目的です」

「あら、どこかの事務所の方でしたか」

「えっと、まあ、そんな感じです」

「なぜ小鞠まつりを？」

「同僚が大ファンみたいで」

「大ファン。その言葉を使うからには、何か布教活動を受けたのですか？」

なんかメッチャ質問される。圧が強い。

私は困惑しながらも、めぐみんに見せられた動画を思い出しながら返事をした。

「動画を見ました」

「もっと詳細に」

詳細？　詳細ってなんだ？

「えっと、左側にマイクで、右側に本人。背景は白でした。歌ってました」

「……なるほど、理解しました」

マリアさんは再びヤンデレ目になった。

私はゴクリと唾を飲む。体感時間の長い間が空いて、マリアさんは言った。

「今宵《こよい》の楽しみがひとつ増えました」

「……お手柔らかに」

察するに、彼女は小鞠まつりのファンなのだろう。

推しの名前を耳にして興奮してしまったと考えれば、今の態度も納得できる。

この場合、何が地雷になるか分からない。だから私は口を閉じることにした。

「ふふふ、ふふふふ……」

不敵なバリトンボイスがイヤホンを通じて鼓膜を揺らす。

やっぱり耳と目から得られる情報が一致しない。脳がバグる。

かくして、朝の時間は終わった。

ログアウトした私は装備を解除して、床に膝をついた状態でベッドに突っ伏した。

酔った。短時間だからか二回目だからか昨夜よりは楽だけど、油断したら吐きそうな気分だ。

――コン、と足音が聞こえた。

相手は一人しかいない。私は突っ伏したまま挨拶をする。

「おはよ、めぐみん。良い朝だね」

「プリン」

私はゆっくりと顔を上げる。

彼女は、マリアさんのヤンデレ目に負けず劣らずな表情で私を見下ろしていた。

「プリン」

三文字から感じる圧と様々な感情。

私はしばらく言い訳を探した後、テヘペロと言ってごまかそうとした。

その後、お昼に新しいプリンを献上するまで口をきいてくれなかった。

＊　＊　＊

「スカウトのやり方ァ？」

お昼休みの時間。私に呼び出されたリョウが不機嫌そうに言った。

「こういうのはリョウが一番得意かなって」

私がニコニコ褒めると、彼は呆《あき》れた様子で目を細める。

「口説く相手のことは分かってんのか？」

そして溜息《ためいき》まじりに言った。ナイス、ツンデレ。

「バーチャルアイドルです」

「ンなこたァ分かってんだよ」

「名前は小鞠まつりです」

「オーケー、何も知らねぇわけだな」

否定できないので笑顔でごまかす。

めぐみんなら何か知ってるかもだけど、今は不機嫌そうにプリンを食べてる。

「まぁ、テメェなら適当に話しても大丈夫だろ。好きにやれ」

「そこを何とか！　せめてコツだけでも！」

彼は鬱陶しそうな様子で舌打ちをした。

私は知っている。こんな態度だけど、しっかり説明してくれるのがリョウである。

「ふたつだけ覚えとけ」

ひゅぅ！　さっすがリョウ！　頼りになるぅ！

「待って、メモするから」

私はスマホを構えた。リョウは気怠《けだる》そうな声で説明を始める。

「相手を気持ち良くする。興味関心を惹《ひ》く。以上だ」

とりあえずスマホにメモする。

「……なるほどね」

私はメモを見ながら呟《つぶや》いた。正直さっぱり意味が分からない。だから素直に質問してみる。

「気持ち良くするってどうやるの？　マッサージとか？」

「ふざけてんのか？　とにかく褒めろってことだ。あなたの技術に惚《ほ》れたとか、あなたと働きたいとか言って、特別扱いされてるように錯覚させんだよ。そうすりゃ誰でも気持ち良くなる」

リョウは「あなた」という単語を強調して言った。

少しだけ身に覚えがある。神崎《かんざき》さんのスカウト、まさにそんな感じだった。

私はふむふむと頷《うなず》きながらメモを取り、次の質問をする。

「次の、興味関心を惹くの方は？」

「そのままの意味だ。重要なのは、ペラペラ喋《しゃべ》らねぇこと。必要最低限を伝えろ」

「疑問が残ってもいいの？」

「残すんだよ。相手のことを知らねぇ以上、何がプラスで何がマイナスかなんて分からねぇ。だから、美味《うま》そうな餌ぶらさげて、聞かれたことにだけ答えりゃいい」

詐欺師っぽい。

私は失礼な感想を抱きながら、聞かれたことにだけ答えるとメモした。

「あれこれ言ったが、自信がねぇなら会社に呼ぶことだけ考えろ。あとはオレがどうにかする」

ひゅぅ！　さっすがリョウ！　頼りになるぅ！

「ありがと！　なんか行けそうな気がしてきた！」

私が感謝を伝えると、リョウは微《かす》かに満足そうな顔をして腰を上げた。

「あれ、どっか行くの？」

「仕事だ。テメェが一人口説く間にこっちは百人くらい口説いてんだよ」

「……お疲れ様です」

営業さん、しゅごい。

月並みな感想を抱きながら、私もスカウトがんばろうと思ったお昼休みだった。

＊　＊　＊

そして夜を迎えた。

イベントが始まる予定の午後八時まで、残り二分ちょっとである。

めぐみんはツールを作ると言ったけれど、残念ながら間に合わなかった。仮想チャットのボット対策が思ったよりも堅牢《けんろう》で、手動以上の速度が出なかったらしい。

というわけで、ドキドキ目押し大会開始。

私とめぐみんは、イベント会場が表示されるであろう検索画面と睨《にら》めっこしていた。

仮想世界用のデバイスは装着していない。パソコンで操作した方が早いという判断である。

「なんかドキドキするね」

開始予定時刻は午後八時だけどピッタリに始まる確証は無い。

だから私達は十分くらい前からカチカチと定期的にクリック音を鳴らしている。

カチ……まだ。カチ……まだ。カチ……と、この繰り返し。

まるで推しのライブチケットを手に入れるため予約サイトに張り付いているかのような緊張感。実際に多くの人が同じような気持ちで画面を見ているのだろう。

そして数分後、パソコンに表示された時計が午後八時を示した。

「おっ」

検索画面に「まつりの木曜ライブ２１８」が現れた。

ガタッ、カチカチッ、と最初に音を鳴らしたのはめぐみん。

私は内心で「早ッ」と思いながらワンテンポ遅れて操作する。

そして——ああ、はい、ダメでした。

「めぐみん、どうだった？」

問いかける。返事が無い。彼女は無表情でパソコン画面を見つめている。

やがてパタンと横に倒れると、そのまま転がって私に背を向けた。

「……あはは、ダメだったか」

苦笑しながらパソコン画面に目を戻す。

試しに再検索すると、やっぱり満員になっていることが分かった。

……あの一瞬で埋まっちゃうのか。

「寝る」

私が驚いていると、めぐみんが不機嫌そうな声で言った。

どうやらショックで不貞腐《ふてくさ》れているようだ。よっぽど楽しみにしていたのだろう。

私は苦笑しながら仮想チャットを終了させようとして、謎のメールアイコンに気が付いた。

……あれ、こんなのさっきまであったっけ？

「めぐみん、これ何か分かる？」

有識者に問いかける。彼女はふらふらと起き上がり、私の隣に座った。

「招待されてる。誰かフレンド作った？」

「フレンド……ああ、マリアさんかな？」

「誰？」

「素敵なシスターさん」

「ふーん」

めぐみんは暗い表情のまま返事をして、マウスを握る私の手をツンツンした。

貸せということだろうか？　素直に手を退《ど》かすと、彼女はササっと画面を操作した。

「えっ？」

最初に声を出したのはめぐみん。

私もビックリしながら画面に表示された文字を読み上げる。

「まつりの木曜ライブ218に参加する……?」

全く予想していなかった事態。

私は困惑しながらも、とりあえず招待を受け入れる。

そして、あっさりと、ライブ会場に入れてしまった。

＊　＊　＊

そこは映画館のような空間だった。

前方にステージがひとつ。奥には大きなスクリーンがあり、客席は雛段《ひなだん》のようになっている。

仮想世界の私は、ちょうど真ん中くらいの座席に座った。ステージが正面に見える良い席だと思う。

現実の私はめぐみんの隣に座り、彼女の左耳に無線イヤホンを装着した。

「聞こえる?」

「ん、ありがと」

このイヤホンは音量を操作する際に「ピッ」という音が出るので、その音を鳴らして確認した。

私は互いに問題なく音が聞こえていることを確認できた後、画面を見る。

『おっけー、ピッタリ百人だね。今週の皆もルール守ってて偉いぞ』

ちょうどイヤホンから可愛《かわい》らしい声が聞こえた。

私は人気が出るのも頷ける声だなと思いつつ、ふと疑問を覚える。

「参加できるのって五十人じゃなかったっけ？」

「一人、招待できる」

「なるほど」

疑問に思った直後、めぐみんが解説してくれた。

私がマリアさんから招待されたように、フレンドを一人まで呼べるようだ。

……そういえばマリアさんどこに居るのかな？　お礼を言わなきゃ。

『それじゃ、早速だけど一曲歌うぞ。皆の足元にペンライト召喚したから、拾える人は使ってね』

瞬間、画面が暗くなった。少し間が空いてから聞き覚えのあるアニメソングのイントロが流れ、一筋の光がステージに立つ彼女を照らす。そして客席にもぽつりぽつりと青色の光が現れた。

……すっごくライブっぽい。

正直に言えば、私はめぐみんの付き添いみたいな気分だった。

ライブには最低限の興味関心しかなくて、頭の中はスカウトのことで一杯だった。


彼女の歌声を聴くまでは。


歌声が聞こえた瞬間に上手だと感じた。

彼女が最初の息継ぎをする頃には、イヤホンの音に集中するため両手で耳を塞いでいた。

少し低くて色気のある歌声。曲のイメージにピッタリで、生歌とは思えないくらいにバックの音楽と調和している。何より聞き取りやすい。歌詞のひとつひとつを大事にしていることが伝わってくる。

……これ、オリジナルよりずっと好きかも。

今回はアップテンポな曲だけど、バラードだったら泣いていたかもしれない。

本気でそう思える程にクオリティが高くて、なんかもうすごかった。

『んはー、気持ち良かった！　今の曲メッチャ好きなんだよね。皆はどう？』

私が心の中で拍手していると、歌い終わった彼女が本当に楽しそうな声で言った。

すると観客席から「うぉぉぉぉぉ」という野太い歓声が上がる。

『あははは、鳴らし過ぎでしょ。あっ、念のため説明するぞ。ＰＣで入ってる方はシフトとユーを同時に押してみて。デバイス使ってる人は、ペンライトを三回連続で叩《たた》いてみてね』

その説明の後「うぉぉぉぉぉ」という声の大合唱が始まる。

それを聞いてステージ上の小鞠まつりがケラケラと楽しそうに笑った。

『ありがと！　でも、あちきが喋るから皆のマイクオフにするぞ』

彼女が大きく右手を振った後、ブチッという音がして「うぉぉぉぉぉ」という声が消えた。

……一人称、あちきなんだ。

ちょっとイメージと合わない言葉に戸惑いながら、私はボソッと別の感想を呟く。

「仮想チャット、色々できるんだね」

ペンライトを召喚したり、謎の音声を出したり、マイクをオフにしたり。とても自由度が高い。

「普通は無理。まつりちゃん、多分本業の人」

めぐみんが返事をくれた。

彼女から見ても高度な技術が使われているようだ。

『次は恒例のリクエスト曲なんだけど、その前にちょっと雑談するね』

MCが始まった。それを聞きながら、あらためて彼女の姿を見る。

一言で表現するなら正統派アイドル。

真《ま》っ直《す》ぐでキラキラした目。腰まで届く少し明るい色の長髪。前髪の左側には兎《うさぎ》のワッペンと桜色のリボンがある。服装も、アニメで見るアイドルそのものって感じがする。

そんな彼女が、本当に楽しそうに話をしている。

正直そこまで面白い話じゃないのに、明るい声と笑顔に釣られて思わず頬が緩んでしまう。

『それじゃ、今日のリクエスト曲発表するぞ。スクリーンに注目！』

めぐみんが素早くパソコンを操作して、彼女の背後にあるスクリーンに焦点を合わせる。

ちょうどステージが暗転して、バッという音と共に何かが表示された。

ｃｐｐという三文字。ただそれだけ。

『恒例の暗号系だね』

「恒例なんだ」

私は思わずツッコミを入れた。

長く続けば独自の文化が生まれるのは自然だけど、リクエストに暗号を使うのは謎過ぎる。

『皆、これ何の曲だと思う？』

問われて考える。

真っ先に思い浮かぶのはプログラミング言語だけど、そんな曲あったかな？

『あちきも色々考えたけど、心ぴょんぴょんの頭文字だと思うんだよね』

私は咄嗟《とっさ》に息を止めた。

顎に手を当て、真剣な様子で心ぴょんぴょんと発言する姿が少しだけツボに入った。

『というわけで、今回は懐かしい曲を歌うぞ。声作るからちょっと待ってね』

彼女は喉を鳴らして声の調子を整える。

さて、心ぴょんぴょんというフレーズでピンと来ないオタクはいない。

可愛らしい女の子達が歌う少し古い曲で、最初の大人っぽい曲とは真逆のイメージ。

だから気になった。さっきの大人っぽいお姉さんボイスが、どんなロリボイスに変わるのだろう。

『こんな感じかな？』

「うそでしょ？」

私は耳を疑った。

ちょっと声が高くなったとかそういう次元じゃない。完全に別人だった。

『それじゃ、歌うぞ！』

衝撃が和らぐ間もなく音楽が流れ、彼女は直前に出した声のまま歌い始めた。

……普通に上手くて脳がバグる。

とても原曲に忠実な歌い方。

幼い子供が身体《からだ》を弾ませながら歌うような軽快なリズム。

しかし彼女の場合、とにかく聞き取りやすい。

これはテクニックなのかな？　それとも声質の問題なのかな？

私に説明できる知識は無いけれど、まるでプロの朗読みたいに歌詞が聞き取りやすい。

……なんで、こんなに引き込まれるのかな？

例えば技術がある。それは他の歌手も同じだ。

例えば笑顔が良い。いや、あれはただの３Ｄモデルだ。

じゃあやっぱり、声が良いから？　……違う気がする。そこまで個性的な歌声じゃない。

私は雑食なオタクだ。学生時代は毎クール放送される数十本のアニメを全て視聴していたし、有名なゲームなんかは尽《ことごと》くプレイした。その中でたくさんの音楽を耳にした。過去の記憶と照らし合わせた時、彼女の歌声から特別な個性を感じることは無い。だけど心がぴょんぴょんする。楽しくなる。

……良い。すごく良い。

頬が緩む。心地よくて、ずっと聴いていたい気持ちになる。

しかし、引き込まれる程に体感時間が短くなって、あっという間に曲が終わってしまった。

『心ぴょんぴょんしたか～⁉』

歌い終わった彼女が叫ぶと「うぉぉぉぉ」という歓声が鳴り響いた。

直ぐに満足そうな笑い声が重なる。その笑顔を見て私まで嬉《うれ》しい気持ちになる。

『ありがと。それじゃ、次のリクエスト歌うぞ』

それからライブが終わるまでに、彼女は新たに三つの曲を歌った。

全て聴き終える頃には、私はスッカリ小鞠まつりのファンになっていた。

＊　＊　＊

問題です。ライブの後には何があるでしょうか？

そう、握手会ですね。現在、約百名の美少女が列を作っています。

『は～い！　次の方どうぞ～！』

聞き覚えのあるバリトンボイス。

小鞠まつりまで続く列を制御しているのはマリアさんだった。

とても可愛らしい外見からは想像できないような声。私は二度目だけど、やっぱり脳がバグる。

ふと隣を見ると、めぐみんが目を丸くして驚いていた。彼女の表情がここまで変わるのは珍しい。

……まぁ、気持ちは分かるけどね。

私は内心で苦笑しながら、まだまだ待ち時間は長そうだなと判断して、雑談をすることにした。

「ライブ、メッチャ良かったね」

「でしょ！」

かわいい。今日のめぐみんは表情豊かだ。

「めぐみん、どこで知ったの？」

「ネット。恵が独りになって落ち込んでた時、たまたま見つけた」

急に重いよめぐみん。

……ええっと、大学入試の後くらいかな？

「まつりちゃんが教えてくれた。神様になれば良い」

「神様？」

「うん。仮想世界なら、自由に作れる」

私はめぐみんが聞かせてくれた過去の話を思い出した。

とにかく理不尽の連続。普通の人なら心が折れていると思う。

しかし彼女は前を向いた。

理不尽な現実を変えることは諦めて、理想の世界を自ら作り出すことにした。

荒唐無稽な話ではあると思うけれど、仮想世界ならば、その可能性はゼロじゃない。

きっと、そういう発想に至るきっかけを小鞠まつりから得たのだろう。

……そっか。そういうことなら、こんなに好きになっても不思議じゃないよね。

私が内心で納得していると、めぐみんが嬉しそうな声で言った。

「あと、あの歌声、元気が出る」

優しい声色。本当に好きなことが伝わってくる。誰かの「好き」を聞くのは、楽しい。

「分かる。楽しい気持ちになるよね」

「そう！　楽しく、なるよね！　だから、大好き！」

推しについて語るめぐみん最高かよ。

「声も、色々、だよね！」

「私もそれ思った。すごいよね。ボイチェンとか使ってるのかな？」

「違う。ボイスチェンジャーなら、聞けば分かる」

「そうなの？」

「うん。なんか、変な感じ、するよ」

流石《さすが》めぐみん。五感が新人類。

そんなこんなで楽しく話をしている間に列が進み、次が自分達の番という位置まで来た。

『シュガーさん、こんばんは』

マリアさん。私はめぐみんにアイコンタクトしてからマイクをオンにする。

「今日は招待ありがとうございます。ライブ最高でした」

『それは良かったです。ところで目的はスカウトですよね？』

「はい、そうです」

『分かりました。列の最後尾へ移動してください』

えーっと、ああ、なるほど。話す時間を作ってくれるのかな？

「マリアさん、関係者だったんですね」

『いいえ、ただのファンです』

なぜ今のタイミングでヤンデレ目になるのだろう。

私は謎の感情表現に戸惑いながらも大人しく最後尾に並び直した。

「結構かかりそうだね」

「うん。大人気」

最初に握手会の列が生まれた時は、めぐみんの超反応で前の方に並ぶことができた。

だけど今は最後尾。まだまだ列は長い。

持ち時間は一人あたり一分だから、途中で何人か抜けたとしても一時間以上かかりそうだ。

……なるほど、このための人数制限なのか。

仮想チャットでライブする目的をファンとの交流だと考えたら妙に納得してしまった。

……歌が上手い。笑顔が良い。ファンを大事にしている。なんだこいつ完璧かよ。

「ねぇめぐみん、おもしろエピソードとかないの？」

完璧な存在を見ると弱点とか欠点を探してしまうのが人間の性《さが》である。

私が卑しい質問をすると、めぐみんは「んー」と声を出した後で答えた。

「昔は、割と迷走してたよ」

「何それ聞きたい」

「例えば、一人称の由来」

「あー、それ気になる。なんであちきなの？」

「突然、不良キャラ？　始めたことがある」

「何それ全然想像できない」

「ファンが怒って一日でやめた」

「怒られてて草」

「その時の戒めとして、あちきになった」

「へー、そういう経緯なんだ」

想像の斜め下。私がケラケラ笑っていると、めぐみんは機嫌を良くして他の話も教えてくれた。

ひとつ、最初は兎耳《うさみみ》装備でファンを子うさぎちゃんと呼称していた。

ふたつ、自己紹介動画では自分のソースコードを見せていた。

みっつ、でもそれは受けが悪かったので、今は歌声をアピールする動画に差し替えた。

他にも他にも。私が止めなければ、きっと彼女は一時間でも二時間でも話を続けただろう。

「めぐみん、本当に好きなんだね」

「うん、大好き」

「過去にライブとか参加しなかったの？」

「一回だけ」

「やっぱり？　でも、なんで一回だけ？」

「……き、緊張、して」

かわいい。

「……良いなぁ」

私は、無意識にその言葉を呟いていた。

「なにが？」

「……人気者って、憧れるよね！」

めぐみんは呆れた様子で軽く息を吐き、パソコンに目を戻した。

静寂が生まれる。それは自然と私に余計な思考を促した。

私にも推し活の経験はあるけど、一人をずっと追いかけたことは無い。

どれだけ好きだった対象でも、その情熱は時間と共に薄れてしまう。

だから、めぐみんが羨ましいと思った。

欲しい物があるなら自分で作ればいい。

だけど好きなモノは自分では作れない。

そして好きという感情を持ち続けるには、きっと特別な才能が必要だ。

私はいつも、あと一歩、情熱が足りない。

あと一歩、あとひとつ、何かが足りない。その何かが分からない。

「もうちょっと、だね」

めぐみんの声でビクリと肩が揺れた。

一瞬、心を読まれたような気がしたけれど、もちろん違う。

「めぐみんが喋る？」

「……愛に任せる」

「せっかくの機会だよ？　何か話しなよ」

「……愛が、喋るべき」

私はめぐみんが喋るべきだと思うけど、とりあえず頷くことにした。

「分かった。喋りたくなったら教えてね」

「ありがと。あと、恵の名前、出さないで」

「名前？　なんで？」

「とにかく！　絶対、出さないで」

「分かった。気を付けるね」

気になるけど、推しを前に語彙力が消失する気持ちは程々に分かる。

へへ、深掘りするのは野暮ってもんですぜ。ここは、にわかファンの出番ってわけよ。

『次の方どうぞ～』

バリトンボイスが聞こえ、列が進む。

いつの間にか残り人数は一桁まで減っている。私とめぐみんは自然と口を閉じた。

イヤホンからは前の人の会話が聞こえる。

二時間も待たされたとは思えない熱量で喋るファンの声と、同じく二時間も喋り続けたとは思えないアイドルの嬉しそうな声。

その声は列が進む程に大きくなり、私の緊張も同じだけ大きくなった。

そして、私達の順番になった。

『お待たせ。えっと、ラブ・シュガーさん。初めましてだね』
私は昼間にリョウから聞いたアドバイスを思い出す。
これからスカウトを始める。これから話す言葉のひとつひとつが未来を決める。
心臓の鼓動が速い。上手く喋れるか不安になる。
そんな感情を胸に、私は画面に映る彼女を見て挨拶をした。
「初めまして。ライブ、メッチャ良かったです」
『ほんと？　ありがと。嬉しい』
うへへへ、至近距離で見る小鞠まつりタソかわよ〜！　最強かよ〜！
……おバカっ！　今は大事な場面ですわよ！
『マリアさんから聞いたよ。今日は、お話があるんだよね』
「はい、お話があります」
やばい。頭が真っ白だ。
えっとえっと、何を話す予定だったっけ？　何を伝えればいいんだっけ？
『とりあえず、あちきのホームに移動するね？』
「はい、お願いします」
……大丈夫ッ、行けるッ！　自分を信じて！

＊　＊　＊

ホーム。それは仮想チャットにおける自分専用の部屋。

私は小鞠まつりと鼠色《ねずみいろ》のソファに並んで座り、会話していた。

『えー、そのエピソードまで知ってるの？　嬉しいな』

「さっき同僚が教えてくれました」

『えへへ、シャイな同僚さん、いつも応援ありがとね』

直前に釘《くぎ》を刺された通り、めぐみんの名前は出していない。

でも存在は明かしているから、時折めぐみんに向けた言葉が発せられる。

それはイヤホンを通じて本人に届いているわけで、それはもう、愉快なリアクションをしてくれる。

「とても喜んでいます」

『やった。大成功』

彼女は無邪気に笑う。もちろんこれは機械的に作られた笑顔だ。

繰り返す。これは絵なんだ。分かってる。それなのに、胸のトキメキが止まらない。

『えへへ、女の子のファン少ないから、嬉しいな』

キラキラした目が私を見ている。純粋な笑顔が私だけに向けられている。

『お友達にも紹介してね。サービスするよ』

「いっぱい布教します！」

もしもこれが仕事じゃなかったら、私は骨抜きになっていたかもしれない。

「私達の会社に来てくれたら、もっと布教できると思います」

『……いきなりだね』

ちょっと引かれちゃったかな？

だけどリョウと営業した時もこんな感じだった。間違いじゃないはず。

「革命的な道具を作りました」

なるべく端的に伝える。

こちらから一方的に喋るよりも、相手に疑問を抱かせて喋らせる方が良いと教わった。

『革命的な道具？』

想定通り質問があった。私は軽く頬を叩いて集中する。

現実世界にログは無い。セーブも無い。ここから先は戻れない。

「それは企業秘密です。会社に来てくれたら見せられます」

『どこの会社？』

「合同会社ＫＴＲ」

『けー、てぃー、あーる？』

「ホームページもあります。後で検索してみてください」

私が作ったホームページだぜと心の中で呟いて、

「それで、どうですか？　一度、見るだけでも」

『……ごめんなさい』

否定の言葉。私は血の気が引くのを感じた。

『リアルでは、会えません』

初めて彼女が敬語を使った。

頭が真っ白になる。だけど、一度の拒絶で引き下がったりしない。

「私達の作った道具は、会社の外ではお見せできません」

今日の目的は会社に来て貰《もら》うこと。

それさえ成功すれば、リョウがどうにかしてくれるはず。

「あなたをスカウトすることにしたのは、同僚の推薦だからです」

私は必死に頭を働かせながら、ひとつひとつ言葉を伝える。

「今日のライブを見て思いました。私も、あなたと一緒に働きたい……ううん、ちょっと違うかな」

そのうちスゥッとした感覚が頭に生まれた。

雑念が消えて、不思議なくらい思考がクリアになる。

「あなたと一緒に、世界を変えたい」

自分でもビックリするような言葉が出た。

私は相手の反応を窺《うかが》うつもりで画面を見る。

しかし３Ｄモデルが生み出す笑顔から感情を読み取ることはできない。

だから不安になる。私の言葉が、何ひとつ胸に響いていないかもしれない。何か反応があるまで喋り続けたい気持ちになる。それをグッと堪《こら》えて、私は彼女の返事を待った。

『……ラブちゃんってさ、子供の頃、何かになりたいと思ったことある？』

ユーザー名がラブ・シュガーだから、ラブちゃん。

呼び方はさておき、彼女はどういう意図で今の質問をしたのだろう？

『あちきはアイドルになりたかった』

疑問に思っていると、彼女は話を続けた。

『今のあちき、アイドル。ファンは二十万人。ライブは毎週満員。どうだ、すごいだろ』

得意気な声。だけど嫌味な感じは全くしない。

彼女は本当にすごい。実際、私はたった一回のライブでファンになった。

『でも、あちきはここまで。ここから先には行けない』

とても意外な言葉だった。

夢を叶《かな》えてキラキラしている彼女が、どうしてこんなことを言うのだろう。

「ここから先って、どういうことですか？」

自然と質問していた。

そして長い沈黙が生まれた。

多分、伝えるかどうか悩む時間。

私は目を閉じて次の声を待つ。

やがて息を吸うような音が聞こえて、彼女は言った。

『あちきの憧れたアイドルは、かわいい衣装を着て、キラキラ輝くステージで、すっごく楽しそうに歌って踊るアイドル』

仮想チャットで表情から感情を読み取るのは不可能に近い。

だけど声は違う。顔が見えなくても、いくらか感情が伝わってくる。

彼女の言葉は夢を語っていた。

しかしその声には、まるで大人が過去を懐かしむかのような、どこか儚《はかな》い感情が込められていた。

『あと一歩なんだよ。ここから、あと一歩。でも今日までちょっと頑張り過ぎちゃった』

彼女は溜息を吐《つ》いて、ぽつりと呟くように言った。

『あちきはすごい。頑張った。だけど、ここが限界。今より先には行けない』

私は反射的に否定しかけた。

しかし唇を嚙《か》み、ギリギリで踏みとどまって考える。

有紗《ありさ》ちゃんと会話した時に痛感した。

自分の意見を伝えるのは簡単だ。だけど相手にも事情がある。一方通行では決して分かり合えない。

だから、ここで言うべき言葉は自分の意見なんかじゃない。

「どうして？」

『あちきには、資格が無いから』

とても悲しい声だった。見えなくても俯《うつむ》いているのが分かる。

「資格……才能ですか？」

『その言葉嫌い』

鋭い否定。

『その言葉は、すごく軽い。一緒にしたくない』

私は返す言葉が浮かばなくて口を閉じた。

それから頭の中で考える。資格とは、何を示す言葉なのだろう。

パッと思い浮かぶのは容姿だけど、結局お客さんの前に出る時はバーチャルなのだから関係無い。

じゃあ、何か外に出られない事情があるとか？

アニメでよくある話だと、実は病院の中でしか生きられない人で……いや、まだそこまで現実の技術は進んでいない。そもそも、そんなに重症なら歌ったり踊ったりできない。

他には……家庭の事情とか？　いやいや、可能性はあるけど一日くらい会えるはずだ。

分からない。考える程に分からなくなる。だから、別の話をすることにした。

「アニメ、好きですか？」

『……アニメ？』

「私は超好きです。学生時代は毎クール全部チェックしてました」

『それは、すごいね』

急に何の話だろうという心の声が聞こえてくるかのような返事だった。

しかし彼女は合わせてくれた。だから私も話を続ける。

「でも、就職してからは全然なんですよね。学生時代は人生そのものって感じだったのに、今では普通の趣味って感じで」

『……うん、なんとなくだけど、分かるよ。不思議だよね』

私がアニメの話をしたのは、彼女の気持ちが知りたいと思ったからである。

だって、このまま話を続けたとしても、分かるわけがない。

彼女は夢を持ち、それを形にした。私からすれば眩《まぶ》しい限りだ。

共通点が欲しいと思った。最初に思い浮かんだのがアニメだった。

「まつりんは、どんなアニメが好き？」

『まつりん』

「ダメだった？」

『ううん、いいよ。何か新鮮な感じ』

友達と接するように、私は続ける。

「それで、どんなアニメが好き？」

『んー、急に言われると悩むね』

「今期は何か見てるアニメある？」

『何個か見てるよ。でも、んー、あんまり夢中になれてない感じかな』

「まぁ、そういう季節もあるよね」

『えっと……アニメ全般の話、かな』

「全般？」

彼女は直ぐには返事をしなかった。多分、何か考えているのだろう。

やがてスッと息を吸う音がして、彼女は別の質問に答えた。

『あちきは、夢を追いかける話が好きかも』

「私も好き。ダメダメな主人公が努力して、認められて、最後は夢を叶える物語とか最高だよね」

『分かる。気が合うね』

ニッと頬を緩めたような明るい声。

だけど私には、どうしてか彼女が俯いているように思えた。

『夢を叶えてハッピーエンド。すっごく良いよね。でも最近、共感できなくなっちゃった』

私の直感を肯定するようにして、彼女は寂しそうな雰囲気で言う。

『夢はゴールじゃない。スタートだよ。大変なことばっかり。そのうち現状維持だけで手一杯になる。先へ進みたいなら、変わらなきゃいけない』

変わらなきゃいけない。その言葉が不思議なくらい耳に残った。

私も変わりたいと思ってる。先へ進みたいと強く願っている。

それこそアニメなどで何度も耳にしたテーマだ。

今日は残りの人生の最初の日だとか、胸に残るようなセリフもたくさんある。

だけど、いざ新しい自分になることを考えた時、スイッチを押すみたいに気持ちを切り替えて行動を始められる人は、滅多にいないのだと思う。少なくとも私はそうだ。

「変わるのって、どうして難しいのかな」

私は独り言のつもりで呟いた。

不安とか、恐怖とか、思い浮かぶ言葉は無数にある。だけど、どれもピンと来ない。

『変わることは、捨てることだからじゃないかな』

それは会話の中で自然と生まれた一言だった。

もしも違うタイミングだったならば聞き逃していたかもしれない。

だけど、今この瞬間の私にとっては、劇的な言葉だった。

不安とか、恐怖とか、それは自分自身を悪者にする言葉だ。

今の自分がダメだから変われない。そういう後ろ向きな言葉だ。

しかし彼女は「捨てる」と表現した。過去を捨てられないから、変わることが難しいと言ったのだ。

なんて、前向きな理由なのだろう。私には無い発想だ。

彼女は結果を出している。本人も頑張ったと言っていた。きっと並々ならぬ努力があったはずだ。

しかし、それでも理想には届いていない。あと一歩、何かが足りない。その一歩を踏み出すためには今を捨てなければならない。過去の自分を否定しなければならない。

私は、おかしいと思った。

「まつりんは、今を変えたいですか？」

『んー、どうなのかな。よく分からないかも』

彼女は直前までの会話と同じ声色で言った。

だから私は、あらためて言い直すことにした。

「憧れたアイドルに、もう一歩だけ近づきたいですか？」

彼女は直ぐに返事をしなかった。

『……うん。近づきたい。心からそう思うよ』

その言葉には雑談とは違う真剣味があった。

私は彼女の気持ちを聞いて安堵《あんど》すると同時に、とてつもない衝動を感じた。

「私のところに来てください」

『ラブちゃんの？』

「最高の道具を作りました。今それを最初に使ってくれるバーチャルアイドルを探しています」

彼女と会話を始めた時は、めぐみんの代理という気持ちがあった。

だけど今は違う。私自身が、本気で彼女をスカウトしたいと思っている。

「あなたの歌声に一目惚《ひとめぼ》れしました。あの道具を最初に使うのは、まつりん以外に考えられない」

『……ありがと。素直に嬉しいよ。だけどやっぱり』

「資格が無いなんて言わないで！」

私は彼女の言葉に被《かぶ》せるようにして声を張り上げた。

「小鞠まつりの歌声は最高だよ！　たくさんの人を笑顔にできる！」

目の前にとんでもない能力を持った人が居る。

素敵な歌声があって、夢もあって、ちゃんと行動して、結果も出てる。

だけど、その人は自分を卑下して俯いている。そんなの絶対におかしい。

だったら私はどうなる？　夢中になれることすらも見つけられない私は、どうすればいい？

彼女が無理だと言うのなら、私なんてもっと無理だ。そんなの嫌だ。認めたくない。

「勝手に限界を決めるな！　何が資格だ知るかそんなの！」

見過ごせるわけがない。

全身が燃えるような熱を帯びて、自然と言葉が飛び出てくる。

「不安なら私を頼れ！　絶対どうにかする！」

その衝動に身を任せ、思い切り叫んだ。

「まつりんの輝ける場所、私が作るから！」

多分、マイクの音は割れていた。

私は肩を上下に動かして呼吸を整える。

自分の中で反響していた声が徐々に小さくなり、やがて静寂が生まれた。

それは熱くなった心を冷やす。そして熱が引くにつれて不安が生まれた。

とても自分勝手なことを言った。だって私は彼女の夢を叶えたいわけじゃない。

自分自身が夢を見つけられると信じるために、彼女は夢を叶えるべきだと思っただけだ。

私は唇を噛み、あれこれ喋りたい気持ちをグッと堪えて返事を待つ。

やがて彼女は、とても小さな声で言った。

『バーチャルだけなら、いいよ』

瞬間、不安が喜びに変わる。

私は感情が昂《たかぶ》って、衝動的に次の言葉を口にした。

「そこを何とか対面で！」

『それは無理。リアルでは会えない』

「焼肉奢《おご》るから！」

もはや遠慮なんて無い。彼女の返事を聞いて、私の中で何かが変わった。

それから私は必死にスカウトを続けたけれど、彼女は頑《かたく》なに会うことを拒み続けた。

「分かった。今日は諦める」

『明日も明後日《あさって》も変わらないぞ』

「どうかな？　私、しつこいよ」

『……それ、すっごく分かる』

軽口を言い合った後、互いに笑った。

「これからよろしくね」

『うん、よろしくね』

その後、お互いの連絡先を交換してからログアウトした。

私はパソコンを閉じて、背中から床に倒れる。

疲れた。本当に疲れた。気力を出し尽くした感じがする。

「愛に任せて良かった」

嬉しそうな声が聞こえた。私は照れてしまって何も言えなかった。

返事をする代わりに親指を立てると、彼女はコツンと拳を当てた。

ワクワクが止まらない。

めぐみんが命懸けで作った道具と小鞠まつりの歌声が合わされば、きっと凄いことが起こる。

違う。他人任せじゃない。

私がやる。私が、輝かせてみせる。

だってこれは私のエゴだ。他人のためにやるわけじゃない。

私のため。私が自分にも「何か」を見つけられると信じるために、やる。

……どうやろうかな？

それを考えるだけで頬が緩む。

ついに、本気でやりたいことを見つけられたような気がした。

＊　＊　＊

「ダメだ」

翌日。事務所にて。

私の報告を聞いたケンちゃんは、とても冷たい声で言った。

「対面で話をする。この条件は譲れない」

私は目を閉じて、情報を整理しながら呼吸を整える。

もはや他のバーチャルアイドルなんて考えられない。何が何でも小鞠まつりをスカウトする。だから私は、バーチャルだけの付き合いでも構わないかと相談した。結果はノーだった。

大丈夫。予想通りの返事だ。今日の愛ちゃんは一味違う。ちゃんと対策を考えてある。

「拒否します」

「いいや、許可できない」

そんなバカな。

なーんて、冗談。今の彼がチョロくないことは知っている。

勝負はここから。

私は一度、気持ちを落ち着かせるために周囲を見る。

すっかり雰囲気の変わった幼馴染《おさななじみ》はソファに浅く座り、膝に肘を乗せて私を見ている。

その隣にはリョウが座っている。彼は腕を組み、目を閉じて静観の構え。

私の隣にはめぐみんが座っている。彼女はムッとした表情でケンちゃんと私を交互に見ている。

よし、大丈夫。周囲が見えてる。落ち着いてる。

私はケンちゃんに視線を戻して、軽く息を吸ってから言う。

「対面で会う必要、ある？」

「理由は七つある」

「多い。一個に絞って」

「信用できない」

ムカッとする言い方だった。

理由の半分は幼馴染だから。もう半分は、その呆れたような表情。

君は何を言っているんだい？　無理に決まってるだろ？　みたいな腹立たしい幻聴が聞こえる。

「ケンちゃん、遅れてるな～」

私は八割のストレス発散と二割の計算を胸に彼を煽《あお》る。

「とっくにフルリモートの時代だよ？　なのに対面に拘《こだわ》るとか」

「条件が違う。ボク達はハードを扱う必要がある」

「郵送すればいいじゃん」

「例えば広告用の動画を作成するとき、スタジオを借りて密な連携を取る必要があるかもしれない」

「バーチャル限定で考えればいいじゃん」

「目的を忘れたのかな？　ボク達はバーチャルアイドルのために事業を行うわけじゃない」

「歌を聴け！　そしたら分かるから！」

「一個人の感性で会社の方針を決めるなんて有り得ない」

彼は微かに顎を上げ、私を見下すような態度で言う。

「まだ話を続けるかい？　これ以上は時間の無駄だと思うよ？」

とてもイラッとした。

こんな態度なら私にも考えがある。

「まつりん以外なら私は協力しない」

彼の頬がピクリと動いた。

私はその動揺を見逃さず言葉を続ける。

「めぐみんも同じ気持ちだから」

相棒に目を向ける。

彼女はコクリと首を縦に振ってから言った。

「恵も、まつりちゃん以外、やだ」

これがエンジニアの総意。それを聞いた経営者は頭を抱えた。その間に私も考える。

「降参だ。痛いところを突かれた」

待てコラ早い。まだ考え始めたトコなのに。

「……って、え？　降参？」

「うん。やっぱり佐藤《さとう》さんは頭の回転が速いね」

よく分からないけれど褒められたのでドヤ顔を披露しておく。

「ボクが事業を始めるには君達の協力が欠かせない。恵アームを扱えるのは、君達だけだからね」

その通りだ！　という表情で応じる。

「しかし君達は違う。ボク以外の誰かに恵アームを売り込む方法もあるわけだ」

いや、そこまでは考えてない。

だけど、まあそういう可能性もあるかもねという態度で応じる。

「十日……いや、六日にしようか」

「何の話？」

「ボク達の準備。あと六日で終わらせる」

彼が言うと、リョウが驚いた様子で目を開けた。

「本気ですか？」

「もちろん」

リョウはポカンと口を開けた後、不敵な笑みを浮かべてソファに座り直した。

……なんだ今のやりとり。

私は素直な感想を胸に、どういうこと、という視線をケンちゃんに送る。

「佐藤さんの要望を全面的に受け入れることにした」

彼は微笑を浮かべて言った。

それを見て私は背筋がゾクリとした。

「ボクは君を信頼している。だから君の判断を信じる。ただし、保険として二人体制にしよう」

おかしなことは言われていない。むしろ私の要望が通った。大勝利と言えるはず。

だけど、どうしてか不安が消えない。彼の態度が最初よりもずっと他人行儀に思えて仕方がない。

「二人目はボクが探す。ただ、これは恥ずかしい話だけど、予算に余裕が無い。できれば君が一人目を説得して、今の話を無かったことにしてくれると嬉しい。……どうかな？」

気味が悪い。あまりにも違和感が大きい。

私は同意を求めるつもりでめぐみんを見た。

「良いと思う」

彼女の様子は普段と変わらない。

杞憂《きゆう》の一言で自分を納得させるべきだろうか？

それとも違和感を口に出すべきだろうか？

仮に何か喋るなら何を言えば良いのだろう？

ああでもないこうでもないと悩み続ける。

やがて私は、彼の表情を窺いながら口を開いた。

「……六日以内に説得すれば、文句無いってことでいいよね？」

「うん、もちろん」

胡散臭《うさんくさ》い笑顔。対面なのに、仮想チャット以上に感情が読み取れない。

だけど私は色々な疑問を呑《の》み込んで、その提案を受け入れることにした。

Side　小鞠《こまり》まつりは待っている

ラブ・シュガーがログアウトした後、小鞠まつりは両手を頬に添えた。

「……」

言葉は出ない。心臓がドキドキしている。

これまで何度もスカウトを受けてきたが、こんなにも感情が動いたのは初めてだった。

「どうしよ。勢いで了承しちゃった」

バーチャルだけならば共に活動しても良い。

言った。確かに言ってしまった。だけど不思議と後悔は無い。

問題は、先方が対面を希望していることだ。それだけは絶対に受け入れられない。

「革命的な道具って、何なのかな」

バーチャルアイドルの活動は、基本的にリモートで完結する。

現実世界で活動が必要な技術も色々とあるけれど、それほどメジャーではない。

設備が高額だとか、拘束時間が長いとか、勉強が必要とか、きっと生々しい理由がたくさんある。

そういう問題を解決した技術なのか、あるいは全く新しい技術なのか。

気にならないと言えば嘘《うそ》になる。

しかしその知的好奇心は、リアルで会うことを選択できる程に大きくはない。

「……革命、かぁ」
小鞠まつりからすれば、バーチャルアイドルの存在こそが革命だった。
リアルなんて関係ない。歌声ひとつで理想に近づける。そういう存在だった。
しかし、仮想世界でライブを開いたことで痛感した。あるいは、理解してしまった。
過去に夢見た景色とは程遠い。
仮想世界のライブには、現実世界のライブで感じられるような熱量が無い。
何よりも寂しいのは、ファンの笑顔が分からないことだ。
「……この課題を解決できたら、それこそ、神様だよね」
神様という言葉を口に出したのは、今パッと思い付いたからではない。
小鞠まつりは、過去にその言葉を耳にしている。
それは初めて仮想世界でライブを開催した日のこと。
参加者は、たった二人だけ。
最初に現れたのは、黒猫のアバターを使った女性、メグミ。
二番目に現れたのは、修道女のアバターを使った男性、マリア。
ライブの後、メグミは緊張で声を震わせながら言った。
神様になります。いつか、あなたを迎えに行きます。
言葉の意味は分からないけれど、強烈なエネルギーは伝わった。
それは多分、似たようなことを考えたことがあるからだ。

何かのアニメで聞いた。ヒトには不可能なんて無い。宇宙にだって行けるのだから。

言葉を選ばなければ、うるせぇと感じる。

現実世界は理不尽で、どれだけ頑張っても手が届かないことがたくさんある。

それを「努力不足」という一言で片付けられてしまったら、うるせぇとしか言いようがない。

だから努力という言葉が嫌いだった。

だから、神様になるという言葉が、ずっとずっと胸に残っている。

ただ死ぬ気で頑張るだけで夢に手が届く世界。

そういう理想の世界を作って迎えに来てくれるのならば、それ以上に嬉《うれ》しいことはない。

しかしメグミは、それ以来、一度も顔を見せていない。

「あの言葉、どういう意味だったのかな」

呟《つぶや》いて、なんとなく顔を上に向けた。

頭上には空がある。宇宙空間みたいな紫色の空で、あちこちで星が輝いている。

ぶっちゃけ感動するような景色ではない。だけど、この空を見る度に思う。

もしもこっちが現実だったら、どれほど素敵だろうか。

この世界の中でだけ、幼い頃に夢見た理想のアイドルになれる。

この世界で生きたい。その思いが強過ぎて、最近は仮想世界で過ごす時間の方が長いくらいだ。

「……ん、まだ仕事まで余裕あるかな」

小鞠まつりは身体《からだ》を起こし、低いテーブルの前で正座した。

それからテーブルに頬杖《ほおづえ》をつき、紙を置いてペンを持つ。

「今日なんかイケそうな気がするんだよね」

音楽性の話をしよう。良い曲の定義をする時、どんな要素を最も大切にするか、という話。

「やっぱり一番大事なのは歌詞だよね」

音楽は最も短い物語の形だと考えている。

要するに、自分だけの歌を作ろうとしている。

これまでの人生と感情の全てを詰め込んだような物語を作っている。

「変わることは捨てること。我ながら良い言葉だよね。サビで使いたいかも」

隅っこにある白紙の部分に歌詞を記す。

それから書きかけの歌詞と見比べて、うーんと首を捻《ひね》った。

「おかしいな？　手が進まないぞ？」

自分だけの歌を作ると決めたのは、まつりの木曜ライブ１００が終わった後。

それから二年以上経《た》っているのに、まだ歌詞が完成する気配すら感じられない。

「んー、今日はイケると思ったのに」

仮想のペンをポイッと上に投げる。

それは少し派手なエフェクトを残して世界から消えた。

「……会社、行きたくないなぁ」

正直、小鞠まつりの収入だけで生活には困らない。

だけど今の会社は辞められない。

それは気持ちの問題。べつに何か制約があるわけじゃない。

幼い頃、普通の生活に憧れていた。

血の滲《にじ》むような努力をして、何度も泣き喚《わめ》いて、やっとの思いで大きな会社の内定を手に入れた。

それなりの収入とホワイトな労働時間は、喉から手が出るほど欲しかった普通の生活をもたらした。

それを捨てることは難しい。

だけど願うことをやめられない。

何度も「資格が無い」と自分に言い聞かせた夢に、あと一歩、近づける瞬間を待ち続けている。

「……いつ、迎えに来てくれるのかな」

それは最初のファンに向けた言葉。

昨夜のスカウトも良かった。久々に心と身体が軽くなるような感覚があった。

あの人と一緒に夢を追いかけられたら、きっと楽しい。素直にそう思った。

だけど、どうしても、あの日の感覚が消えてくれない。

神様になるという言葉は、決して感動するようなものではない。

彼女がどういう意図でその言葉を口にしたのかすらも分からない。

それなのに、今でもまだ記憶に残り続けている。

いつか神様になった彼女が迎えに来てくれることを願っている。

「……なんだそれ」

思わず自嘲するように笑った。まるで白馬に乗った王子様を待つ少女のような幻想だと思った。

あれから長い時間が経った。相手はとっくに忘れているかもしれない。

それでも、心のどこかで期待してしまう。

いつか、理想の世界を作って迎えに来てくれたら……。


やっぱり、無理だ。


その瞬間が訪れたとしても、心変わりすることは無い。

これから先どれだけ熱意のあるスカウトを受けたとしても、リアルで会うことだけはありえない。

だって、小鞠まつりはバーチャルアイドルなのだから。

第10話 小鞠《こまり》まつりの秘密

めぐみんが、かわいい。

何を今さらと思うかもしれない。だけど言わせて欲しい。めぐみんが、かわいい。

「んー、ん～！」

朝起きた私の目に映ったのは、床で転がる天使の姿。

何してるのと聞くべきか？　いやいや、もうちょっと見守るべきだよ。

私が寝ぼけた頭で葛藤する間にも、彼女はコロコロと謎の動きを繰り返す。

「ん～？　んー……ん～!!」

私は覚醒した。必ず、この天真爛漫《てんしんらんまん》な同居人を撮らねばならぬと決意した。

枕元に置いたスマホを手に取る。それから寝ているフリをしてカメラを構えた。

うへへ、ぐへへ、かわいいなぁ。

幸せ成分が私の全身を包み、細胞が活性化する。やがて愛《あい》ちゃんは天才的なひらめきを得た。

この隠し撮りは、どうせバレる。めぐみんは絶対に動画を消せと怒るだろう。

それはピンチでありチャンスでもある。

例えば「コスプレするなら消してあげてもいいよ?」と言えば、ワンチャンあるかもしれない。

「ないよ」

わぉ、めぐみんが目の前に。目の……前に？

「……どこから、声に出てた？」

「うへへ、ぐへへ、かわいいなぁ」

「待って。違うの」

「昨日まで、ちょっと、良かったのにね」

めぐみんはプイッと顔を背けて立ち上がる。

そしてスタスタと部屋の外へ向かって歩き始めた。

「出来心！　出来心だったの！」

その背に向かって手を伸ばす。

彼女はドアのところで振り向いて、レンガの裏側を見たような目を私に向けた後、部屋を出た。

「……どう、して」

私はガックリと俯《うつむ》いて拳を握り締める。

激しい後悔が胸の奥をチクリと刺す。でもそれは、めぐみんを怒らせたことに対する感情ではない。

「……あの目も撮るべきだった！」

小鞠まつりと話をした夜から、私は少し素直になった。

＊　＊　＊

数分後。私はめぐみんと和解して仲良く朝食を口にしていた。

ミニテーブルには丸い皿がひとつ。

今日は料理が億劫《おっくう》だったのでベース○ッキーが入っている。

めぐみんが愛用しているバランス栄養食。そこそこ美味《おい》しい。

「なるほど。何を話せば良いのか悩んでたわけだね」

「そう。難しい」

小鞠まつりを会社に呼ぶこと。

直近の最優先事項であり、めぐみんも口説き文句を考えていたようだ。

とても助かる。私も説得するけれど、やっぱりコアなファンの考えた言葉の方が胸に響くはず。

「言いたいこと紙に書いてみたら？」

クッキーをパクパク食べながら提案した。

めぐみんは難しそうな顔をした後、小さな声で言う。

「……話すの、下手だから」

あー、そういう感じか。

何を伝えるか以前に、ちゃんと伝えられるか不安なわけだ。

「大丈夫。めぐみん、技術的な話をする時は上手だから、台詞《せりふ》を用意すれば楽勝だよ」

「……そう？」

無自覚だったんだ。

「そうだよ。むしろ普段が不思議なくらい。もしかしてだけど、何か遠慮してる？」

「……遠慮は、特に、無いよ」

彼女の言葉は良く言えば個性的で悪く言えばテンポが悪い。しかも基本的に無表情なので、話すのが下手という自己評価は正しい。だけど私は知っている。彼女の感情はとても豊かなのだ。

内心は騒がしいのに、口に出る言葉は少しだけ。アニメ的に考えると、文学少女タイプだろうか？

以上の条件から導き出される答えはひとつ。

「相手にどう思われるか気になっちゃうわけだ」

めぐみんはビクリと肩を震わせた。

どうやら私の推理が当たったたらしい。

「愛は、どうして、普通に話せる？」

「おぉぉぉ……」

「なに？」

「なんか、久々に頼られた気がして」

めぐみんは目を細め、軽く溜息《ためいき》を吐《つ》いた。

私はコホンと咳払《せきばら》いをして、ピンと人差し指を立てながら言う。

「思うにね、信頼が大事なんだよ」

「信頼？」

「俺の信じるお前を信じろってことだね」

彼女は目線を下げスマホをポチポチした。

「めぐみん？」

「百合《ゆり》に聞いてみる」

「めぐみん聞いて。真面目な話だから」

「ふーん」

おかしい。グググッと好感度が上昇する予定だったのに、むしろ下がってるぞ？

「私がイタズラできるのもね？　めぐみんとの友情を信じているからこそなんだよ？」

「愛は、もう少し疑うべき」

おかしいおかしい。最初の頃は毎日ベッタリだったのに！　愛ちゃん離れが早いよめぐみん！

「まつりちゃんとは、友情、ないよ」

「彼女は、めぐみんの好きを伝えたら、うわぁってなるような人なのかな？」

めぐみんはハッとしたような顔をした。

私は言葉の意図が伝わったことに安堵《あんど》して、もう一言添える。

「まあでも、最近ファンと喧嘩《けんか》するバーチャルアイドル多いから言葉選びには注意しないとね」

めぐみんの目が細くなった。

私は慌てて失言を取り繕う。

「まつりんは大丈夫！　ファンと喧嘩するようなお子様じゃないよ！」

「……あ、百合から返信来た」

「めぐみ～ん！」

……か、かくして、小鞠まつりを会社に呼ぼう大作戦が始まったのだった！

＊　＊　＊

大作戦が始まり、私は何の成果も得られないまま最後の夜を迎えた。

繰り返す。何の成果も得られないいまま、最後の夜を迎えてしまった。

今夜、私にとって二度目のライブがある。

これが終わった後に口説き落とせなければ、あの生意気な幼馴染《おさななじみ》をぎゃふんと言わせられない。

会話はしてる。毎日してる。だけど望むような結果が得られない。

「大丈夫。まだ慌てるような時間じゃない」

早朝。目を覚ました私は自分に言い聞かせるようにして呟《つぶや》いた。

それから目を閉じて思考を巡らせる。

議題。なぜ小鞠まつりはリアルで会うことを拒むのか。

この数日、色々な表現で質問した。でも彼女は「資格が無い」以外の返事をくれなかった。

資格って何だ？　どういう意味だ？

試しに才能的な意味かと質問した時には鋭く否定された。

あの態度から察するに努力ではどうにもならない事情があるのだろう。

だけど結局はバーチャルで活動する。視聴者から見れば何も変わらないはずだ。

実際、彼女が拒絶しているのはリアルで会うことだけ。仕事については前向きな返事をくれている。

だから分からない。彼女が言う「資格」って、なんなんだ？

アニメなんかだと「私は▲▲なんだよ？　だから〇〇する資格なんて無い！」みたいな感じで、罪の意識に苛《さいな》まれているシーンがある。でも、このパターンならそもそもバーチャルの活動すら無理だ。

「あー、うー、あー、なんか、頭痛くなってきたかも」

多分だけど、その気になればリアルで会えるんだよ。

要するに精神的な問題。その気になれない事情があるに違いない。

その事情を知るためには……会話するしかない！

「というゴリ押しが通用するわけもなく……」

何の成果も得られないまま時間だけが過ぎ去ったのでした。とほほ。

「現実逃避してる場合じゃない」

この数日、私は必死に言葉を重ねた。だけど成果はゼロ。このままでは時間切れになる。

やり方を変えるしかない。

シンプルに他の人に聞くのはどうだろう？

パッと頭に浮かぶのは大天使メグミエルだけど、最近ちょっと空返事が多い。お悩み中みたいだ。

残る候補は、あの人しかいない。

というわけで。

私は朝の運動ワールドに参加した。

実は、今日が特別というわけではない。

最初に参加してからは、なんとなく、毎日参加している。

入室直後、挨拶をくれたのは狐《きつね》の耳がある小さな女の子（男性）。

『シュガーさん、おはようございます』

「おはよー！」

私が挨拶を返すと狐娘はニコニコ笑顔で手を振った。かわいい。

次に声をかけてくれたのは海賊みたいな衣装のお姉さん（男性）。

『お、シュガー今日も来てるじゃん。意外と運動好きだった？』

「身体《からだ》を動かすのは大事ですからね！」

という具合に声が低い美少女達《たち》と挨拶をして、定刻になったらスクリーンに映るシスターさんを見本に身体を動かす。一通りの運動が終わったらスタンプの列が形成されるので最後尾に並ぶ。

かくして私は目的の人物の元に辿《たど》り着いたのだった。

「お願いします」

巨大なスタンプを持ったシスターさんにカードを差し出す。

彼女……彼……マリアさんは、無駄に大きく振りかぶってスタンプを押した。

『おめでとうございます。今日で七日継続ですね』

スタンプカードの枠は一行あたり七個。

私は「えらい！」というスタンプが一行揃《そろ》ったことで、軽い達成感と同時に強い焦燥感を覚えた。

「あの、少しだけ時間貰《もら》えますか？」

『まつりのことですか？』

私が言うと、マリアさんはヤンデレ目になって返事をした。

一瞬ビックリする感情表現だけど、恐らく深い意味は無い。

私は軽く息を整え、直球で質問した。

「彼女がリアルＮＧな理由、知ってますか？」

『知らないですね』

「ほんとぉですかぁ？」

私は縋《すが》るような気持ちでマリアさんを煽《あお》った。

ここが空振りならもう後が無い。だからよろしくお願いします。

「マリアさんが知らないのならぁ、他に誰が分かるんですかぁ？」

『本人でしょうね』

「でしょうねぇ！」

私は少し涙目になって言った。

アバターでも涙を流すジェスチャーをして悲しみをアピールする。

それが功を奏したのか、マリアさんはやれやれという様子で言った。

『私は、二番目のファンでした』

「二番目？　どういうことですか？」

突然の情報提供。私は微《かす》かな希望を逃すまいと集中する。

『まつりが初めて開催したライブの話です。観客はたった二人。私と、シャイな黒猫さんだけでした』

「黒猫さん？」

『名前はメグミ』

ドクンと心臓が跳ねる。

偶然か否か。緊張感から息を止めた私に対して、マリアさんは淡々と言葉を続けた。

『彼女は、神様になると言いました』

＊　恵《めぐみ》　＊

あの日、恵は下手な言葉で約束をした。

神様になって迎えに行く。その一言だけを残して、まつりちゃんの前から立ち去った。

それからずっとずっと一人で研究を続けて、愛に救われて、今こうして彼女と再会する機会を得た。

じゃあ、もう、やるしかない。まつりちゃんを説得する以外の選択肢なんて無い。

頭の中では決意しているのに、行動に移すことができない。

恵は不安なのだと思う。

だって、まつりちゃんは何も覚えていないかもしれない。普通に考えれば、その可能性の方が高い。

恵は覚えていて欲しいと願っている。あれは恵にとって大切な時間だった。

だから不安でたまらない。

あの日の出来事が、相手にとっては覚える価値も無いことだったと知るのが怖い。

愛は相手を信頼すれば良いと言った。

それはとても難しい。だって何ひとつ根拠が無い。

だけど本音を言えば、愛に任せている現状は、嫌だ。

恵が話をしたい。恵の言葉で、まつりちゃんをスカウトしたい。でも、具体的に何を話せば良い？

ああでもないこうでもない。思考が同じところでグルグル回る。ついでに身体も転がっていた。

やがて恵は決意した。

ライブに出よう。争奪戦にチャレンジしよう。

もしもライブに参加できたら、もう逃げない。まつりちゃんと話をする。

だけどライブに参加できなかったら、その時は……愛に全て任せよう。


木曜日。ライブまで残り十分くらい。恵はノートパソコンと睨《にら》めっこしていた。

鈴木《すずき》さんから言われた期限は今日まで。つまり今日中に説得できないとアウト。

愛はベッドに座って恵を見守っている。正直、ちょっと不気味。なんで何も言わないの？

言葉を求めてチラチラと目を向ける。何回か繰り返したところで、ようやく視線が重なった。

「やっぱり有線にしよう」

愛はよく分からないことを言った。

「通信速度、大事だと思うんだよね」

何の脈絡も無い発言だけど、難しいことは言っていないはず。

だけど極度の緊張のせいか何を言っているのか理解できない。

混乱する恵の前で、愛はヨイショと立ち上がり部屋の隅まで歩いた。

「ああ、通信速度」

愛がLANケーブルを手に持ったところで、やっと言葉の意味が分かった。

現在インターネットには無線で接続している。

通信速度は有線の方が圧倒的に速い。これからやることを考えれば速い方が有利。

「……言ったっけ？」

「んー？　何のこと？」

「恵の目的」

「それはほら、見れば分かるよ」

言われてみれば確かにそう。今の恵がパソコンと睨めっこする理由なんて、ひとつしかない。

恵は争奪戦に参加する。もしもライブに参加できたら話をする。ダメだった時は愛に任せる。

「愛は、どうするの？」

「応援してるぜ！」

愛はキラリと笑顔を輝かせて言った。

「どういうこと？」

今、ふざける場面じゃないよ？　というニュアンスで質問した。

愛は真面目な時とふざけている時の違いが分かりにくい。

「……私じゃ、ダメみたいだからさ」

愛は声のトーンを落として言った。今回は真面目みたいだ。

いや、それよりも、愛が大事なことを言った。私じゃダメって？　どういうこと？

「今日まで手応えゼロ。やれやれだね」

口の中が乾くのを感じた。

愛が弱音を吐くなんて全く想像していなかった。

「だからめぐみん、助けて」

思わず俯いて目を逸《そ》らす。

その言葉は、今の恵には重過ぎる。

「……無理、だと、思うよ」

「大丈夫。絶対できる」

「なんで、そんなこと、言えるの？」

「めぐみんが一番のファンだから」

過大評価。恵は最初のライブに参加しただけ。

あえて一番のファンという言葉を使うなら、あのシスターさんの方が相応《ふさわ》しい。

「それに、約束したんでしょ？」

「約束？」

「神様になって迎えに行く。だよね？」

恵は思わず顔を上げた。どうして愛が今の話を知っているのだろう？

いや、そんなの考えれば分かる。誰かに聞くしかない。

「……まつりちゃんは、忘れてるかも」

この話を知っているのは恵の他に二人だけ。

だから、どちらから話を聞いたのか探るために今の言葉を選んだ。

「じゃあ、もっかい伝えよう」

やっぱりシスターさんの方みたいだ。

恵は少しガッカリした気持ちで次の言葉を口にする。

「……迷惑に、思われるかも」

「当たり前だよ。そんなの」

恵は何か言い返そうとしたけど、パクパクと口が動くだけで声は出なかった。

当たり前なんて言葉、言われるとは思わなかった。

「こっちの都合で相手の時間を奪うんだから迷惑に決まってるじゃん」

「じゃあ、どうして、話せるの？」

「信じてるから」

数日前にも聞いた言葉。しかし、何を信じればいいのだろう？

恵とまつりちゃんは友達でもなんでもない。信じられる根拠なんて、ひとつも無い。

だけどそれは愛も同じはず。彼女は、何を信じているのだろう？

「愛は、どうして、信じられるの？」

「私が信じてるのは、めぐみんだよ」

愛は堂々とした声で言った。

その姿が眩《まぶ》しく見える。恵は、こんな風に自信を持てない。

「めぐみんなら大丈夫。絶対、大丈夫だよ」

とてつもない重圧を感じる。

緊張のせいで指先ひとつ動かせないのに、激しい運動をしたかのように嫌な汗が滲《にじ》む。

「……恵は、スカウト、したことない」

呼吸が浅い。恵は息苦しさを感じながら、再び愛に問いかける。

「どうして、信じられるの？」

「めぐみんの目がキラキラしてるから」

愛は寂しそうな声で言った。

どうして、こんな表情をするのだろう。

彼女は疑問に思う恵を真《ま》っ直《す》ぐに見て、胸を張りながら言った。

「どうしても不安なら、私を信じなさい」

恵は彼女の目をジッと見た。

そして、初めて彼女にも余裕が無いことに気が付いた。

「……分かった」

不安なのは恵だけじゃない。愛も同じだ。

一緒に生活しているから分かる。愛は、ずっと何か悩んでいる。

それでも、恵のお願いを何も言わずに聞いてくれた。

そのことに気が付いたら、途端に自分が情けなく思えた。

「ダメだったら、愛のせいだからね」

「それは、どうかなぁ……」

恵が冗談を言うと、愛はあちこちに目を泳がせた。

その様子を見てフッと笑うと、愛は「あっ」という表情をした。冗談だと気が付いたみたいだ。

「その辺、歩いてくるね」

彼女は脱力した様子で言った。

「居ても、いいよ」

「嫌です。めぐみんは静かな環境で一人で集中すればいいんです。じゃあね！」

すごい早口で言った後、彼女は本当に部屋から出てしまった。

恵はその背中を見送って、ドアの閉まる音が聞こえた後で呟いた。

「……メチャクチャ、だね」

それからパソコン画面に目を戻した。

開始予定時刻まで残り三分くらい。

今週も八時ぴったりなのかな？　それとも少しズレるのかな？　まあ、どっちでもいっか。

カチ、カチ、カチ……無心でマウスを押し続ける。その途中、ふと思った。

「誰かに頼られたのって、最後はいつだったたっけ？」

自問する。多分、もう覚えていないくらい昔のことだ。

だからなのだろうか。あれほど胸にあった不安が、あっさりと消えてしまったのは。

恵は友達に頼られて、ちょっとテンション上がってるみたいだ。

「バカみたい」

恵は思わずフフッと鼻を鳴らした。

否定できない。別解が頭に浮かばない。

なら、もう受け入れてしまえ。いいじゃん、べつに。だって、今なら上手に話せそうな気がする。

冷静な恵が警告する。これは危険な兆候。根拠の無い自信に支配されようとしている。

だけど、どうせ考えても答えなんて出ない。

だったらもう感覚に頼るしかない。恵が思ったことをそのまま伝えるしかない。

大丈夫。あの愛が信じてくれている。恵ならできる。やれる。そんな気がする。

……まずは、ライブに参加しないと、だけどね。

カチ、カチ、と一定の間隔でマウスを鳴らす。

そして午後八時ちょうど。検索画面に「まつりの木曜ライブ219」が現れた。

それを目視した瞬間、恵の手首から先は別の生き物みたいに素早く動いた。

画面が停止した。恵の体感時間が引き延ばされ、一瞬が永遠のように感じられる。

その一瞬が終わらない。身体中が熱を帯びて、心臓が不気味な音を鳴らす。

顔に浮かんだ汗が頬を伝い、ポタリと滴り落ちた。

そして次の瞬間、画面は切り替わった。

＊　愛　＊

私はドアを閉めた後、その場に留《とど》まって、しばらく何もない空を見上げていた。

「……バレてないよね？」

呟いた後、冷たい空気で肺を満たして、音の無い叫び声を吐き出した。

今朝、マリアさんから小鞠まつりが初めてライブを開催した日のことを聞いた。

会場に現れたファンは、たった二人。マリアさんと、メグミという名前の黒猫さん。

黒猫さんは小鞠まつりに向かって言った。

神様になります。いつか、あなたを迎えに行きます。

その説明を聞いて、私は黒猫さんの正体がめぐみんだと確信した。

「ズルいなぁ……」

私は小走りで移動する。

エレベーターを使わず階段を駆けおりて、マンションを出て道路に立つ。

それから少し乱れた息と一緒に、モヤモヤとした感情を地面にぶつけた。

「……なんだよ、それ」

物語はずっと前に始まっていた。

しかも中心に立つ二人が今まさに再会しようとしている。

こんなの脇役は陰で見守るしかない。私が入り込む余地なんてどこにもない。

もちろんめぐみんのことは応援してる。

だけど、それでも、叶《かな》う事なら物語の中心に立っていたかった。

分かってる。これは子供みたいなワガママだ。

結果として彼女を説得できるならば、誰が話をしても同じ。大事なのは彼女を説得した後のこと。

分かっているのに、自分を納得させることができない。

本気だった。自分でもビックリするくらい本気だったのだ。

だって、やっと見つけられたと思ったばかりだった。

「……っ！」

叫びたい衝動をグッと我慢して、当てもなく歩き始める。

冬で良かった。冷たい空気のおかげで冷静になれる。パジャマで外に出ちゃったなとか、風邪を引いたらめぐみんが看病してくれるかなとか、どうでもいいことを考えられる。

「まだまだ、これからだよね」

めぐみんのスカウトは絶対に成功する。

その後は、ムカつくけどケンちゃんの計画通り事業がスタートするはず。

きっとシステムには多くの改善ポイントが見つかる。多分しばらくは必死で修正することになる。

それから……それから、どうなる？

これから進む未来に、私がキラキラできる時間はあるのかな？

「……自分で、やらなきゃ」

私は声を出して自らの問いに答えた。

この世界には都合の良いハッピーエンドなんて用意されていない。

欲しい未来があるのならば、自分で作る以外の選択肢は無い。

パンッと頬を叩《たた》いて気持ちを切り替える。

決めた。ここからは一秒だって無駄にしない。

目標は単純明快。小鞠まつりを最高のアイドルにすること。

キラキラ輝くステージに立ち、大歓声を受けて歌う彼女を見る。

この目標を実現した後は、今度こそ私自身の夢を見つける。見つけられるような気がする。

「……やるぞー」

控え目に声を出して気合いを入れる。

ちょっと楽しくなってきた。まだ何も始まっていないけれど、アイデアが次々と出てくる。

その途中、一度だけめぐみん達のことが気になった。

二人はどんな会話をするのだろう。めぐみんはどんな言葉で小鞠まつりの心を動かすのだろう。

そして小鞠まつりは、どうしてリアルで会うことを拒むのだろう。

彼女には一体どんな秘密があるのだろう？

＊　まつり　＊

まつりの木曜ライブ219。

観客の居ない会場で、宙に浮かぶ文字をぼんやりと見ながら、小鞠まつりは呟いた。

「ラブちゃん、今日も来るのかな？」

彼女と初めて話をしてからピッタリ一週間。

流石《さすが》に話を聞くだけじゃなくて相手の会社についても調べた。

合同会社ＫＴＲ。ホームページに記された社員数は四名。最終更新は去年の十一月頃にあったらしいイベントの告知。全く知らなかったけれど、一部の界隈《かいわい》では注目されていたようだ。

情報の発信源は神崎央橙《かんざきえいと》。ちっとも知らない人だけど、フォロワーが百万人を超えていたから、その界隈では相当な有名人なのだと思う。そんな彼が、佐藤《さとう》愛さんに興味を持っていた。

ラブちゃんのフルネームは、ラブ・シュガー。愛・砂糖。すっごく分かりやすい。

もしも「有名人に注目されている」というだけならば「へー」という感想で終わりだった。

でも自分は彼女と話をした。そして、これまでに出会った誰よりも強い熱量を感じた。

何かこう、世界を変えるような仕事をするのは、きっとああいう人なのだろう。

正直、話をする度に惹《ひ》かれている。まだ具体的な仕事内容は何も分からないのに、彼女の手を取れば今よりもっと夢に近づけるような気がしている。ほとんど確信に近い予感がある。

「革命的な道具って、何なのかな？」

彼女の会社はイメージキャラクターとして宣伝してくれるバーチャルアイドルを探しているらしい。

スカウトの理由は同僚の推薦。ラブちゃん……佐藤さんは、それ以前まで小鞠まつりを知らなかったらしい。でもライブを見て好きになってくれたようだ。素直に嬉《うれ》しい。本当に、そう思う。

「……なんで、なのかな」

心に浮かぶのは肯定的な言葉ばかり。

それなのに、どうして一歩を踏み出す勇気が出ないのだろう。

「ダメダメっ、ライブ前だぞっ。笑顔っ、にこ〜！」

頬に指を当てて、強引に笑顔を作った。

それから仮想世界でメニュー画面を開いて時刻を確認する。

定刻まで二分ちょっと。余計なことを考えている場合じゃない。

今日は小鞠まつりにとって特別なライブにはならないかもしれない。だけどファンにとっては違う。

最初で最後の特別なライブかもしれない。他のことを考えながら歌うなんて、小鞠まつりじゃない。

「さぁ、楽しいライブが始まるぞ」

左手にマイクを持ち、右手を軽く振った。

そのモーションを検知したプログラムが、仮想世界のステータスを非公開から公開に変える。

次の瞬間、客席に次々と光が現れた。

まるで雪のような淡い光が、ふわふわと天井に向かって舞い上がる。

それは小鞠まつりだけが見られる幻想的な景色。

だけど派手な演出は少し眩しくて、いつも途中で目を閉じてしまう。

そして次に目を開いた時には、光の代わりにたくさんのファンが見える。

……ああ、やっぱり、嬉しいな。

美少女、動物、怪物、謎の物体。色々なアバターが動き回っている。

それはステージを見るポジションを探す動きか、それともライブに参加できた喜びの表現か。

小鞠まつりに真実を知る術《すべ》はないけれど、それを見ていると幸せな気持ちになる。

偽りは無い。二百回以上も経験しているのに、飽きる気配は全く無い。

大きく息を吸って思い切り声を出す。今夜も小鞠まつりのライブが始まった。

そして幸せな時間は、まるで白昼夢でも見ていたかのように一瞬で過ぎ去った。


ライブの後は握手会という名のお喋《しゃべ》りタイム。持ち時間は一人あたり一分。

すっごく短いように感じるけど、現実の握手会が数秒であることを考えれば十分に長い。

参加者は最大で百人。後ろの方に並んでいるファンは一時間以上待つことになる。

当然、途中でログアウトしちゃう人は少なくない。それが普通だと思う。

だから、残ってくれた人には全力で感謝を伝える。だってそれは特別なことだから。

『次の方どうぞ～』

いつも手伝ってくれているマリアさんの声。小鞠まつりが握手会を提案した時、彼女は「剝がし役」を買って出てくれた。それから四年間、一度も欠かさずにサポートしてくれている。

お礼として差し出せるのはライブに招待することくらいだけど、彼女はそれ以上を望まなかった。

『ライブっ、最高でした！』

今、一人のファンが大きな声で言った。

「ありがと、嬉しい」

小鞠まつりは笑顔で感謝を伝えて、少し視線を上に向けた。

ここは仮想世界。アバターの頭上には名前が浮かんでいる。

「もにゃなゃんさん！　配信でも何度かコメントくれてるよね。ありがと」

『よく発音できましたね！』

「あはは、そこなんだ」

アイドルの握手会。ＣＤがおまけ扱いされて批判されることも多いけれど、その背景には並々ならぬ努力がある。例えば、トップアイドルは一度でも会話したファンのことを忘れない。ほんの数秒で相手の特徴と会話内容を覚え、次の機会では「久し振りだね」とアイドルの方から声をかける。

だからこそ、この言葉を心から言えるのだと思う。

「また来てね」

『はい！　もうほんと、一生ライブ争奪戦やり続けます！』

四年間、何度も何度も似たようなやりとりをしている。

その数だけ小鞠まつりは感動している。

だけど、彼女を通して世界を見る自分は違う。

全部、演技だ。自分はファンが求める小鞠まつりを演じている。

プログラムされた笑顔。何年も努力して作った声。理想のアイドルをイメージした言葉遣い。

どれも本当の自分とは全く似ていない。

活動を始めたばかりの頃、小鞠まつりは自分の分身だった。

だけど活動を続ける程に自分とは違う存在になった。

『次の方が最後ですね。どうぞ～』

マリアさんの声を聞いてハッとした。

いつの間にか二時間近く経《た》っていたことに驚きながら、今日最後のファンに笑顔を向ける。

そこには見覚えのある黒猫が立っていた。

『ライブっ、良かったです！』

その声を聞いた瞬間に背筋が震えた。

『まつりちゃんの、歌、楽しいが、すっごく伝わって、ずっとずっと前から、大好きです！』

震えた声からは、極度の緊張が伝わってくる。それは自然と古い記憶を想起させる。

『今日は、少し、寂しい感じで、でもやっぱり楽しくて、素敵で、えっと、だ、大好きです！』

恐る恐る目線を上げる。

二本足で立つ黒猫の頭上にはｍｅｇｕｍｉと記されていた。

「久し振り、だね」

動揺を必死に隠して言った。

『……はい！　えっと、迎えに来ました！』

彼女は、とても嬉しそうな声で言った。

頭が真っ白になった。色々な感情が一気に浮かび上がり、言語化することができない。

どうして、どうして、このタイミングで現れるのだろう。

困惑する自分に向かって、彼女は畳み掛けるようにして言った。

『詳細は、愛から……えっと、ラブ・シュガー？　から、聞いてると、思います』

雷が落ちたような衝撃を受けた。

「……同じ会社、だったんだね」

『えっと、はい、そうです。ちょっと前から』

これは夢？　こんなこと、ある？

始まりは最初のライブ。期待と不安でドキドキする自分の前に現れたのは、二人だけだった。

一人は今もイベントなどの手伝いをしてくれている。

もう一人は、神様になって迎えに行くという不思議な言葉を残して、二度と現れなかった。

それが、今、このタイミングで現れた。

百万人以上のフォロワーを持つ人が注目している佐藤愛と手を組んで、本当に迎えに来た。

「シャイな同僚さんって、メグミさんだったんだね」

佐藤さんは同僚の推薦を受けて小鞠まつりをスカウトした。

彼女と初めて会話した日、声は聴けなかったけど、その同僚さんが傍《そば》に居たことを覚えている。

「ずっと、見てくれてたんだね」

佐藤さんは小鞠まつりのエピソードを多く知っていた。

ネットで検索すれば分かる情報もあるけど、当然すべて書いてあるわけじゃない。

「忘れてると思ってたよ」

『そんなこと、ないです！』

「ほんとかなぁ？　あれから一回も来てくれないから、寂しかったんだぞ？」

『それは、えっと、研究とか、色々、あって、その、あの、えっと』

からかうつもりで言うと、メグミさんは面白いくらいに動揺してくれた。

その姿を見てこっそり肩を揺らしながら、現実の手で自分の鼻と口を塞ぐ。

泣きそうだった。そんな自分に、今は小鞠まつりなのだと言い聞かせる。涙なんて見せられない。

まずはマリアさんにアイコンタクトを送った。

メグミさんと話がしたい。だから、今は二人だけにしてください。

その意図が伝わったのか、マリアさんは何も言わず姿を消した。ログアウトしたのだろう。

「ねぇ、聞いてもいいかな？」

『もちろんです！』

呼吸を整えながら、念のため周囲を見る。

ライブ会場に残っているのは小鞠まつりとメグミさんの二人だけ。

それを確認してから改めて問いかけた。

「君は、どうして神様になりたいと思ったの？」

神様になると言った彼女の声には力があった。

何年も記憶に残り続けるくらいの強い感情があった。

「話せる部分だけでも大丈夫だから、教えてくれないかな？」

雰囲気だけは理解しているつもりだ。

多分、現実世界に何か不満があって、それを変える方法が存在しないから、こちら側を選んだ。

自分と同じ。よくある話。だけど彼女の声に込められていた感情は普通じゃない。

自分は歌が好き。歌詞が好き。短編小説よりも短い数行の詩で表現される物語が大好き。だから声に込められた感情には人一倍敏感なのだと思う。だからこそ、彼女のことが知りたいと思った。

『……楽しい、話じゃ、ないですよ』

「うん、分かるよ」

夢がキラキラして見えるのは、ほんの一部分だけ。

本当は苦しいことばっかり。楽しいことを見つけても、そのうち慣れて楽しいと思えなくなる。

世界はどんどん真っ暗になる。自分がどこに居るのか、どこを目指しているのか分からなくなる。

光が欲しい。きっかけが欲しい。スッカリ重たくなった身体で次の一歩を踏み出す勇気が欲しい。

だから自分は、彼女に問いかける。

「お願い。ちょっとでも良いから。だから。教えて？」

『……ん、分かりました』

メグミさんは話を始めた。

聞いているだけで胸が苦しくなるような話だった。

彼女は幼い子供が語るような夢物語を追い求めて、今まさに、それを現実に変えようとしている。

「……そっか」

それしか言えなかった。

知らなかった。こんな人が居るなんて、こんなにもカッコいい人が存在するなんて、知らなかった。

『バーチャルアイドルを探しています』

黒猫のアバターが小鞠まつりをジッと見ている。

無機質な目を見ていると、アバターの向こう側に居るメグミさんの目が見えたような気がした。

そして彼女は、とても力強い目で小鞠まつりを見て言った。

『恵は、まつりちゃんがいい』

咄嗟《とっさ》に息を止めた。聞かれたくない声が漏れてしまいそうだった。

瞼《まぶた》の裏側が熱い。感動で鳥肌が止まらない。こんなにも求められていることが、とても嬉しい。

「……ごめん」

自分も彼女のようになりたい。

「……ごめんね」

でも、できない。

ここまで言われて、ここまで胸が熱くなって、それでも決断できない。だから逃げた。

これ以上メグミさんの声を聞くことが苦しくて、目を背けるようにして機械の電源を消した。

音も色も消えた暗い部屋。

自分は床に膝をつきガックリと項垂《うなだ》れる。

そして狭い防音室の中で、誰にも届かない叫び声を吐き出した。

＊　？　＊

きっかけは幼い頃に見たライブ。

キラキラ輝くステージの上。かわいい衣装を着て歌って踊るアイドルの姿に心を奪われた。

いつか、あのステージに立ちたい。自分の歌で、たくさんのファンを笑顔にしたい。

十歳の時、お年玉でアイドルっぽい衣装を買った。

それを着て母の部屋にある大きな鏡を見た。

そこに映っていたのは、理想とは程遠い姿だった。

十二歳の時、インターネットに歌声を投稿する文化を知った。

だから理想の声が出せるように練習を始めた。

歌声だけでも人気者になることができれば、いつかアイドルになれるかもしれないと思った。

十四歳の時、母が倒れた。

病気と闘うためには高額な医療費が必要だった。

最初、それが自分にどういう影響を与えるのかイメージできなかった。

当時は偶然にも進路を考える時期だったけれど、漠然とした不安だけが胸にあった。

そのモヤモヤとした感覚の正体を知らないまま自分は高校生になった。

父の稼ぎは正直あまり多くない。我が家はじわりじわりと貧乏になった。

そして自分は、お金が無いというだけのことが、どれだけ残酷なのか思い知らされることになった。

朝起きて、食事を作り、学校へ行く。

授業が終わったら部活の代わりにアルバイトをする。くたくたになって帰宅した後は、水道代の節約を考えながらシャワーを浴びる。それから無心で夜食を作って、口の中へと放り込む。歯磨きをする頃には午前二時を過ぎている。布団に入って目を閉じて、気怠《けだる》い身体で朝を迎える。そんな毎日だった。

将来の夢とか考える余裕は無い。とにかく今日を生きるために必死だった。だけどそれは現状維持にすらならなくて、どれだけ頑張っても昨日よりも良い明日が来る気配なんて感じられなかった。

学校をやめて働きたいと何度も父に話した。

しかし、父は頑《かたく》なに認めてくれなかった。

父は高卒だった。そして強い学歴コンプレックスを持っていた。大卒という資格を持たないだけで、どれだけ人生の選択肢が減るのかという話を何度も聞かされた。自分にはピンと来ない話だった。

自分は学校が嫌いだった。楽しそうに遊んでいる人達を見ると吐き気がした。

放課後に部活をして、休日には友達と映画を見る。教室ではソシャゲにいくら課金したみたいな話を誇らしげに語る。それが「普通」であると主張するかのように、彼ら彼女らは青春を謳歌《おうか》する。

両親が元気で、お小遣いが貰えて、生きるための不安なんて何もなくて、やりたいことができる。

それが普通なら、普通って、なんて素晴らしいことなのだろう。

普通になりたい。同級生達が「普通の人生なんて嫌だ」と軽々しく口にする傍らで、自分は、普通の人生が欲しいと誰よりも強く願った。

そして十七歳の時、バーチャルアイドルを知った。

比喩ではなく全身が震えた。涙が止まらなかった。幼い頃の夢なんて忘れていると思っていたのに、これまでの疲労や苦痛を全て吹き飛ばすくらいの情熱を感じた。

未来が見えた。いつかきっと、好きな姿で好きなことができるようになる。

技術的なことなんて何も知らないのに、そういう未来がハッキリと見えた。

しかし、その世界で普通に生きることは不可能だと冷静に考える自分が居た。

お金が無い。どれだけ良い未来になっても、それを無料で享受できるわけではない。

時間が無い。どれだけ素晴らしい可能性があっても、行動しなければ何も始まらない。

お金を作るには時間が要る。しかし時間が無ければお金を作れない。要するに、自分はずっと……。

嫌だ。嫌だ嫌だ嫌だ。このまま辛《つら》いだけの人生で終わるなんて絶対に嫌だ。

何としても普通を手に入れる。絶対、最高のアイドルになる。

その日から自分は変わった。嘆くことをやめて、理想を手に入れるため全身全霊を尽くした。

ブラック部活という言葉がある。土日祝日にも練習があり、ほぼ一年中休みが無いらしい。

それならば、休むという概念を捨てた人生は、どう表現すれば良いのだろう。

自分は一秒だって休まない。寝る間にだって夢の中で歌の練習をしてやる。それくらいの気持ちで、文字通りの意味で命を削って生きていた。いつ身体が壊れても不思議ではない生活だった。

構うものか。どうせ寿命は一秒毎《ごと》に減る。今を全力で生きる方が良いに決まってる。

楽しいことなんてひとつもなかった。修学旅行などの学校行事は全て欠席して働いた。一生に一度の思い出なんかよりも、ずっとずっと大切なことがあった。どうしても欲しい未来があった。

そういう生活を六年間続けた。

その結果、大学を卒業して、誰でも名前を知っているような会社に就職できた。

週休二日。残業、ほぼゼロ。だけど学生時代に何十連勤もした時より多くのお金が手に入る。

嬉しかった。

やっと普通の生活ができる。

やっと夢を追いかけられる。

そう思った直後、母が息を引き取り、後を追うようにして父が倒れた。

父は、母を失ったショックと、子が自立した安心感で気が抜けたのだろう。

自分と父は悪い関係じゃない。親子らしい会話は少なかったが、支え合って生きていた。

直ぐに病院へ向かった。父は元気そうだったけれど、モヤモヤとした気分は晴れなかった。

面会の後、医者と医療費の話をした。安くはないが、今後の収入を考えれば問題ない額だった。

ただ、恐らく父は最期まで寝たきりの生活になるとのことだった。

病院を出てから家に帰るまでの時間、自分は呆然《ぼうぜん》としていた。

これまでは一秒でも無駄にしてたまるかと努力していたのに、この日は何も考えられなかった。

まるで祝いの花束に虫が乗っていたかのように、何もかも台無しにされた気分だった。


社会人としての生活は、二ヵ月に及ぶ新人研修と共に始まった。

退屈だった。その気になれば、いくらでも内職できるようなレベルだった。

しかし、これまでの日々で疲れていたのかもしれない。

自分は言葉にできない焦燥感を覚えながらも、何もしないことを選んだ。

そして何もしない日々が一週間も続いた頃、自分は思い出したように呟いた。

「このままじゃダメだ」

それから十日くらいの準備期間を経て、小鞠まつりが生まれた。

初めて投稿した動画は、一週間かけて百回くらい再生された。

獲得できたファンの数は七人。貰えたコメントはゼロ件だった。

コメントが無いから相手の反応は分からない。もしかしたらロボットかもしれない。

だけど嬉しかった。バーチャルアイドルとしての活動を始められた実感があった。

もしも昔の自分に教えたら信じるだろうか？

君は将来、お金と時間にゆとりのある生活を手に入れて、バーチャルアイドルとして活動を始める。

絶対に信じない。有り得ない妄想だと激怒するかもしれない。それくらいの奇跡だった。

「ファンを増やすには、どうすれば良いのかな？」

平日、仕事が終わった後の午後六時から深夜二時。

そして土日祝日の目が覚めてから眠るまで。自分は夢中でバーチャルアイドルの活動をした。

まずは配信を始めた。毎回、一人か二人は新しい人がコメントをくれた。防音室が無いから歌うことは無かった。だけど配信をきっかけに動画を見てくれる人が現れた。ぽつりぽつりとコメントが貰えるようになった。ちょっとずつ、ちょっとずつファンが増えた。

幸せだった。動画の再生回数が増える度、コメントが貰える度、夢に近づいている実感があった。

小鞠まつり。幼い頃に夢見た理想を形にした存在。

ファンを増やすために思い付いたことは全部やった。

……違う。全部じゃない。ひとつ、意識的に目を背けていることがあった。

中の人もしくは魂。それは、バーチャルアイドルを演じる現実の人間を指した言葉。

人気があるバーチャルアイドルの中には、過去、現実の姿で配信活動をしていた人も多い。当時のファンが応援してくれた結果、ランキングの上位に名前が載り人気が出たというわけだ。

自分は思う。バーチャルとしての活動と過去の配信活動なんて関係無い。

だけど一部のファンは、バーチャルアイドルを通して現実の人間を見ている。

バーチャルアイドルは、全然バーチャルじゃないのだ。

小鞠まつりには秘密がある。決して知られてはならない秘密がある。

ファンが増える度、熱意のあるコメントを貰う度、秘密を守らなければならない思いが強くなった。

いっそ最初に打ち明ければ違う未来があったかもしれない。しかし自分は隠すことを選んだ。

この秘密を知ったらファンの皆《みんな》は何を思うだろうか。

それを考える度、言いようのない罪悪感に襲われる。

自分と彼女は何もかも違う。外見はもちろん、性格も、本当の声も、性別さえも、違うのだ。

＊　＊　＊

どれくらい時間が経っただろう。

自分は逃げた後から一歩も動けていない。

「……」

口を開いて、閉じる。頭の中がグチャグチャで、独り言すら声に出せなかった。

一度、深呼吸をしてから立ち上がる。それから洗面台へ向かって、冷たい水を顔にぶつけた。

「……ほんと、詐欺だよね」

鏡に映った自分の顔を見て、ようやく声が出た。

「この顔で、この声なんだから」

鏡には、一目で男だと分かる顔が映っている。

名前は夕張英雄《ゆうばりひでお》。そろそろ三十路《みそじ》を迎える社会人だ。

男として見れば悲観するような容姿ではない。しかし、この顔に「小鞠まつり」は似合わない。

かわいい衣装を着て、とびきりの笑顔で、たくさんのファンに歌を届ける。

幼い頃の夢を叶えられないことは、生まれた瞬間に決まっていたのだ。

「……今更じゃんか、そんなの」

もう子供じゃない。自分に資格が無いことは理解している。

それでも諦められないから小鞠まつりを生み出した。

試行錯誤を重ねて、たくさんの失敗を乗り越えて、仮想世界で理想を形にした。

だけどまだ満足していない。

もう少しだけ理想に近づきたい。

そして目の前に千載一遇のチャンスがある。

あと一歩なんだ。ほんの少し決断するだけで構わない。それだけのことが、あまりにも難しい。

「……変わることは、捨てること」

今の自分を捨てて生まれ変わる。理想的で最低最悪な言葉だ。

だってそれは、まるで過去の自分を否定するみたいじゃないか。

「違う。違う。違う」

自分の感情なんてどうでもいい。

小鞠まつりはバーチャルアイドルなんだ。

仮想世界にだけ存在する偶像。自分はそれを演じているだけ。赤の他人。

どうして自分が小鞠まつりだと言って活動できる？　どうして彼女の手柄を横取りできる？

「そうだ。無理だよ。諦めろ。お前には資格が無い」

鏡に映った男性が声を出した。

「子供の頃の夢だぞ？　いい加減に目を覚ませ。今の年齢を言ってみろ」

低い声が内側から脳を揺らす。

「男性アイドルとして活動しろよ。その方が父さんも喜ぶぜ？」

そのうち、鏡に映った男性がニヤリとほくそ笑んだ。

「うるさい。黙れ」

言われなくても分かってる。

鏡に映る男性の言葉こそが正論だ。

「だけど、それが夢なんだよ」

幼い頃にアイドルを見て憧れた。

根拠の無い自信を元に練習を続けた。

しかし自分は「普通」を奪われた。

練習する時間は日に日に減った。

夢を追いかける余裕なんて無かった。

心が折れそうな時、バーチャルアイドルを見た。

未来に希望を抱いて、震える程に歓喜した。その未来で普通に生きたいと強烈に願った。

それが今なんだ。

今まさに過去の自分が夢見た未来を生きている。

そして目の前にチャンスがある。

ここで一歩を踏み出せば、きっと今よりも理想に近づける。

「……決めろよ。ほら。早く」

メグミさんの話を聞いた。

彼女の境遇は自分と似ていた。むしろ彼女の方が絶望的だった。

幼い頃に片親を奪われ、その傷を癒やしてくれた祖父を奪われ、孤独から救い出してくれた友を奪われ、それでも生きる道筋を示してくれた父を奪われた。

おかしいだろ。こんな人生。

自分なんて比較にならない。いや、何度も泣き喚《わめ》いた経験があるからこそ彼女の感情を想像することができる。彼女がどれだけの想《おも》いで「神様」という言葉を口にしたのか、痛いくらいに分かる。

彼女は成し遂げた。自分は彼女の手を取るだけでいい。とても簡単だ。

「……ごめん」

謝罪の言葉を口にして、鏡の前から逃げ出した。

宙に浮いているような気分だった。

そして気が付いたら仮想世界の中だった。

多分、部屋に戻った後で無意識にログインしたのだろう。

「……あ、メッセ来てる」

自然と出たのは小鞠まつりの声。

この世界に居る時は咄嗟の反応でも彼女の声が出る。口調も変わる。

「……マリアさん。うん。そうだよね。メグミさんのこと、ちゃんと言わなきゃだよね」

マリアさんには本当にお世話になっている。このまま何も伝えないのは不義理だ。

「……」

ギュッと唇を噛《か》んだ後、ホームに招待した。

見慣れたシスターさんは三十秒程でホームに現れた。

小鞠まつりはソファに座ったまま隣をポンと叩いた。

マリアさんは隣に座った後、小鞠まつりを見て言った。

『こんばんは』

外見と全く違う低い声。

マリアさんにはどこか親近感を覚える。

「急に呼び出してごめんね。時間、大丈夫かな？」

『もちろんです。まつりの頼みなら、地球の裏からでも駆けつけますよ』

「あはは、心強いな。ありがとね」

もしも現実世界ならば、マリアさんは自分の姿を見た瞬間、異変に気が付いたはずだ。

しかし仮想世界では声以外のことが分からない。

いくらかの技術があれば、どんな感情だって演じることができる。

だから小鞠まつりは、いつも通り楽しい感情を込めた声で話を始めた。

「えっと、ちょっと聞いて欲しいことがあってね？」

『まだ、悩んでいるのですね』

思わず息を止めた。

こちらの姿は見えていないはずなのに、見透かされているような気がした。

「そう、だね」

拳を握り締める。爪が手のひらに食い込む。そのチクリとした痛みを感じながら、自分は言った。

「マリアさんは、小鞠まつりのこと、どう思う？」

『大好きです』

「ありがと。……じゃあ、中の人は、どう思う？」

何か深い考えがあったわけではない。

マリアさんはこれまで何度も相談に乗ってくれている。

多分、自分にとって最も話しやすい相手。だから自然と問いかけていた。

「小鞠まつりと、全然違う人だったら、どう思う？」

今度は直ぐに返事をくれなかった。

静寂が生まれ、キーンという耳鳴りが頭の中で響き渡る。

『……僕は、アイドルオタクです』

長い沈黙の後、マリアさんは「僕」という一人称で話を始めた。

『アイドルは花火のような存在だと思っています』

「……花火？」

『ええ。ドンという音で人々の目を引き付け、ピューと空高く打ち上がる。アイドルはファンの期待を一身に受け、一番高い場所で花開き、人々の心を照らして、そして、消える』

マリアさんは、どこか寂しそうな声色で言った。

アイドルは、いつか必ず終わる。悲しいけど事実だ。自分もアイドルが好きだから、よく分かる。

『花火は次々と打ち上げられます。しかし花開くアイドルは、ほんの一部だけです。だからこそ、僕達はアイドルを推すのです。花開くことなく消える悲しみを知っているから、いつか花開いた瞬間の喜びを知っているから、時には借金をしてでも応援するのです』

流石に借金はやり過ぎだけど、素敵な話だと思った。だけど、同時に疑問も生まれる。

「最後に消えちゃうことは、寂しくないの？」

『もちろん寂しいですが、一番寂しいのは、花開くことなく消えてしまうことです』

その気持ちも理解できた。きっとアイドルに限った話ではない。応援していた何か、あるいは好きな何かが消えてしまうのは、誰だって寂しいことだと思う。

『それから、一番悔しいのは、アイドルに裏切られることです』

ドキリとした。

他人事《ひとごと》には思えなくて、心臓を摑《つか》まれたと思うような感覚があった。

『綺麗《きれい》に引退したアイドルなんて、僕は数える程しか知りません。だからこそ、バーチャルアイドルが登場した時はワクワクしました。しかし、結局は中の人が問題を起こして定期的に炎上しています』

自分は何も言えなくなった。

ただ口を閉じて、話を聞くことしかできない。

『偶像という言葉の意味をやっと理解しました。アレはただの商品で、誰かが演じているに過ぎない。それでも、だからこそ最後まで夢を見させてくれと僕は思います。世間一般には気持ち悪いと思われるかもしれない。だけどやっぱり、アイドルは僕に勇気をくれるから』

「……そう、だよね」

マリアさんの……彼の気持ちは分かる。

キラキラ輝く世界は夢をくれる。

その世界を見ている間は、自分の世界もキラキラと輝いているように感じられる。

「ごめんね、変なこと聞いちゃったね」

だから自分は、ごまかすような声で言った。

「小鞠まつりに中の人なんていない！　よっしゃ、これからもよろしくね！」

『それは、本心ですか？』

「……え？」

『それは本当に、あなたが一番やりたいことですか？』

「でもマリアさん、さっきの話」

『僕は推しが花開く瞬間を見たい。だから、あなたが一番輝ける道を選んでください』

彼は少し強い口調で言った。

その迫力に気圧《けお》されて、自分は少し口ごもってしまう。

「……でも、でも、小鞠まつりと、自分は、本当に全然違うから」

『まつりは、あなたじゃないですか』

「違う。違うよ。秘密を知ったら、マリアさんだってきっとガッカリする」

『バカにしないでください！　その程度の覚悟で推してるわけじゃない！』

自分はポカンと口を開けてしまった。

マリアさんのこんな声、初めて聞いた。

『六年です。あなたにたくさんの勇気を貰いました。何が起きたとしても、この事実だけは決して消えない。あなたが、今さら僕を失望させるなんて不可能なんですよ』

マリアさんは畳みかけるようにして言葉を重ねる。

『あなたは知らないかもしれない。あなたの歌声で、楽しそうな笑顔で、僕がどれだけ救われたか』

そこで自分は気が付いた。

彼は先程から「まつり」という名前を口にしていない。

『あなたが一番輝けることを選んでください。他には何も要らない。一番キラキラしている小鞠まつりを僕に見せてください。あなた達が花開く瞬間を、僕に見せてください！』

目の奥が熱くなった。

我慢したいのに、初めてバーチャルアイドルを知った時のような衝撃がそれを許してくれない。

『もう一度言います。小鞠まつりは、あなたです』

その言葉が背中を押す。

あれだけ重かった身体を持ち上げる力をくれる。

『あなたが、一番輝けることを選んでください』

ふと初めてのライブを思い出した。

当時、来てくれたファンは二人だけ。

一人は「神様になって迎えに行く」と言って、六年の時を経て約束を果たした。

そしてもう一人は、六年間ずっと隣で支えてくれた。何度も相談に乗ってくれた。

今の小鞠まつりには二十万人以上のファンが居る。

それなのに、たった二人からの言葉が、こんなにも、こんなにも心を熱くさせている。

「……ありがとう」

お礼を言った直後、自分はヘッドセットを脱ぎ捨てた。

ここまで背中を押されて走りださないわけにはいかない。

自分は直ぐに身支度をして、靴の踵《かかと》を踏みながら外に出た。

ようやく、次の一歩を踏み出す決意をした。

＊　愛　＊

深夜に帰宅した私を出迎えたのは、目を真っ赤に腫らしためぐみんだった。

信じられない気持ちだったけれど、スカウトの結果は、彼女の反応を見れば一目で分かった。

……どうしようかな。

小鞠まつりのスカウトに失敗した場合、私の考えていたことは白紙になる。

せっかく夢中になれると思ったことが始まる前に終わってしまう。

多分、きっと、しばらく次なんて考えられない。

……ケンちゃんに、なんて言おうかな。

翌朝、私は憂鬱な気分で出社した。

彼の姿は見えなかった。今日が約束の日だから早く来るかと思っていたけれど、違った。

午前中、私は普段通りに塾講師として働いた。

そして空虚な気持ちで昼休みを迎えた。

「……」

出入口のある部屋。私はめぐみんの隣に立った。

彼女は見るからに暗い雰囲気でパソコンに向かっている。多分、私のことに気が付いていない。

「めぐ――」

彼女の名前を口にした瞬間、インターホンが鳴った。

「はーい」

予約あったっけ？

不思議に思いながらドアを開けると、背の高い男性が立っていた。知らない人だ。

「ええっと、こちら合同会社ＫＴＲですが、どのようなご用件ですか？」

とりあえず事務的な対応をしてみる。

「……あなたが、佐藤さん」

「はい。私が佐藤です」

どこかで会ったっけ？

作り笑顔の裏で記憶を検索していると、彼は緊張した様子で言った。

「……メグミさん、居ますか？」

「あー、めぐみんの知り合いでしたか」

まさかのファーストネーム。どういう関係なのかな？

あれ？　でも、めぐみんって確か……いや、まぁ、私に話してくれたことが全部じゃないよね。

「めぐみん、お客さんだよ」

「……」

あれこれ考えるより本人に確かめる方が早い。しかし反応が無い。

「おーい、めーぐみん、お客さんだよ」

ほっぺを突《つつ》いたり肩を揺らしたりすること十数秒、彼女はやっと私に目を向けた。

「……なに？」

わわ、過去最高に不機嫌そうな声だ。

「お客さんだよ」

めぐみんは訝《いぶか》しげに目を細めた後、ようやく男性の方に目を向けた。

「……だれ？」

そして少し低い声で言った。

やさぐれめぐみんかわいい……じゃなくてっ、え、知らない人なの？

「……え、え、え？」

私は混乱して、彼とめぐみんを交互に見た。

分からない。二人の関係がさっぱり分からない。

「あの、彼女が恵ですが、あらためて、どういうご用件でしたか？」

私は社会人パワーを発揮して再び彼に問いかけた。

すると、彼は何か決意したような表情で事務所に一歩踏み込んで、後ろ手にドアを閉めた。

「ここ、大きい声は出さない方が良いですか？」

どういう意味⁉ 私、先手を打って悲鳴を上げた方が良いのかな⁉ ピンチなのかな⁉

「……まぁ、その、はい。壁は、薄い方、ですよ」

私はいつでも助けを呼べるぞという意味で言った。

「分かりました」

彼は納得した様子で頷《うなず》いた。何が分かったのだろう。

最大限に警戒する私の前で、彼はスッと息を吸い込む。

そして、静かに歌い始めた。

「…………」

私は、もはや何が何だか分からなかった。

ガタッ、と音がした。

ビクッとして目を向けると、めぐみんが立ち上がっていた。

彼女は普段の無表情が嘘《うそ》みたいに驚いた顔をして、彼のことを見ていた。

そして、その小さな唇を震わせながら、ぽつりと呟いた。

「……まつり、ちゃん？」

私は頭が真っ白になった。

思考の隙間に歌声が入り込む。それは、記憶の中にある歌声と一致していた。

この一週間、私は仮想世界で嫌という程に体験したことがある。

それは、ある意味で仮想世界特有の現象。

現実ではコ○ケかコスプレ会場でしか起こらない体験だと思っていた。

「えぇぇぇぇぇ!?」

美少女だと思って声をかけたら男性だった。

まさかまさかの事実を知って、私は絶叫してしまった。

彼は口を閉じて歌うのをやめると、バツの悪そうな雰囲気で俯いた。

その表情を見て、私は慌てて取り繕う。

「あっ、いや、すみません。その、ビックリしました」

「……あはは、まぁ、そうですよね」

彼は後頭部に手を当てて、男性らしい低い声で言った。多分、これが地声なのだろう。

大柄な男性。身長は翼《つばさ》より大きいかもしれない。そして彫りが深い顔をしており、日本人だとは思うけれど、もしも違うと言われたら即座に信じられる。だから本当に驚いた。この男性から小鞠まつりの声が出るなんて、歌を聞かされた後でも信じられない。

「ようこそ」

少し低い位置から声がした。

いつの間にか、めぐみんが私と彼の間に立っていた。

彼女は自分より頭ふたつ分くらい大きな男性を見上げて言う。

「待ってた」

そして、握手を求めるように手を伸ばした。

「……えっと、他に、何か、言うことは？」

彼は動揺した様子で言った。

めぐみんはきょとんと首を傾けて、その質問に答える。

「背、大きいね」

彼はポカンと口を開いた。

多分、私も彼と同じような表情をしていると思う。

「……ん？　恵、何か、間違えた？」

彼の反応を見て、今度はめぐみんが慌てた様子を見せる。

私はなんだかもう可笑《おか》しくなって、クスッと笑った。めぐみんに睨まれちゃったけど気にしない。

「ようこそ」

彼女の隣に立ち、私も彼に握手を求める。

「ラブ・シュガーあらため佐藤です。会えて嬉しいです」

早い話、私とめぐみんは受け入れた。

その結果、今もまだ混乱した様子を見せているのは彼だけとなった。

彼は何か言いたげな様子で口をパクパクさせた後、やがて二人分の握手に応じた。

「……よろしくお願いしますっ」

彼は絞り出すような声を出した後、直ぐに手を離して、両手で顔を隠した。

鼻をすする音がした。

その姿を見ながら私は想像する。

彼はどんな想いでこの場に足を運んだのだろう？

どうして、あれだけ頑なに守り続けていた秘密を明かす決断をしたのだろう？

きっと誰かと話をしたのだと思う。それはめぐみんかもしれないし、他の誰かかもしれない。

どちらにせよ私ではない。

だから私は、この場から立ち去ることにした。

「めぐみん、ちょっと外出てくるね」

「なんで？」

「急用思い出しちゃった。ごめん。直ぐ戻るから」

「……ん。分かった」

正直に言えば二人の会話を聞きたい。お金を払ってでも聞きたい。

そういう邪《よこしま》な気持ちを断腸の思いで封印して、私は事務所を後にした。

最高の結果だ。

私が関わっていないところで大事なことが決まったという点を除けば、百点満点だ。

構わない。これについては、もう受け入れた。

だってまだ何も始まってない。むしろ彼が決断してくれなかったら終わっていた。

だから、ここからだ。ここからが私の物語だ。

資格が無い。そんな言葉で諦めようとしていた彼を最高のアイドルにする。

それが可能なら、私だって何かを見つけることができる。その可能性を心から信じられる。

「よっしゃ！」

目的は単純明快。小鞠まつりを最高のアイドルにすること。

そのために、私がやるべきことは…………………………………。

「最高のアイドルって、なんだ？」

私、佐藤愛。もうすぐ二十九歳。キラキラした世界とは全く無縁の人生を送っていた。

だから、その……笑ってしまうくらいに、何も思い付かなかった。

Side　世界一

株式会社カーグリーバー。

ビジネスの規模が一兆円を超える大企業であり、法人向けにはITサービス、コンシューマ向けにはゲームなどのコンテンツを提供している。インターネット界隈《かいわい》で特に有名なのは、登場以来一番人気の座を独占しているバーチャルアイドルグループ、ビビパレード。通称、ビビパレ。

ビビパレは女性アイドルのみで構成されたグループであり、最も人気が無いキャストでも、ファンの数が百万人を超える程の驚異的な人気を誇っている。

特に、晴海《はれうみ》トトの人気は凄《すさ》まじい。

ファンの数は五百万人以上。配信をすれば常に十万人以上が集まる。最近では親会社の新作ゲームとコラボして、過去最高の売り上げを叩《たた》き出した。

そういうわけで、バーチャルアイドル界隈でカーグリーバーという会社の名前を出せば、ほとんどの人が「あー、ビビパレのところね」という理解をする。だが、それは厳密には事実と異なる。

ビビパレの正式な所属はカーグリーバーテクノロジーズ。

通称、リバテク。カーグリーバーの子会社である。

子会社と聞けば、一般的には親会社よりも立場の弱い組織を想像するかもしれない。しかしリバテクの場合は親会社よりも立場が強い。それは、リバテクがとある人物のために作られた会社だからだ。

川辺公仁《かわべきみひと》。元々は別の会社を経営していたが、ある時カーグリーバーの社長に口説かれた。

金は全て出す。煩わしい事務は全て引き受ける。だから、お前の力を俺にくれ。

まるでドラマのようなセリフ。もちろん口だけではなく、リバテクという会社、社長のポスト、高額な報酬、事業を推進するための潤沢な資産など、破格の条件が提示された。

これが決め手となり、川辺はリバテクで仕事をすることになった。

彼の功績は多々あるが、最も有名なのはビビパレを生み出したことである。

しかし、彼の目的はバーチャルアイドル事業などではない。

「もうすぐだ。あと少しで解析が終わる」

東京都、六本木。カーグリーバーの本社ビルは、この日本有数の企業が集まる土地にある。

三十八階建てビルの三十五階。そこがリバテクの活動拠点であり、一部では不夜城と呼ばれている。

深夜一時。川辺公仁は巨大なホワイトボードの前に立っていた。

縦幅が二メートル。横幅が十メートルを超えるそれには、図や数式がギッシリと記されている。

「あーとーは、データを集めてディープラーニングすれば……」

「それ、そこまで万能じゃないですよ」

軽い口調で指摘を入れ、一人の男性が川辺の隣に立った。

彼の名前は海野清正《うみのきよまさ》。川辺が最も信頼している人物である。

海野は眠たそうな目でホワイトボードを睨《にら》みながら言う。

「どうせまた抜け漏れがあるんですよ。あんたはいつもそうです」

「やめろよ清正くん。まるで俺が雑な人間みたいじゃないか」

「実際そうでしょう？　一人称もコロコロ変わる」

「そーれーは、気分転換だよ。清正くんもあるでしょう？　リフレッシュしたい瞬間」

「当然です。ストレスの原因、九割あんたですが」

「どーこーよ？　この聖人君子川辺さんのどこにストレスを感じる要素があるのよ？」

「ひとつはその間延びした喋《しゃべ》り方ですね。マジで腹が立つ」

深夜一時、大人二人の騒がしい声が広々としたオフィスに反響する。

しかし誰かの迷惑になることは無い。二人の声は、選び抜かれた極少数の人間にしか届かない。

「とーにーかーく、今回はマジで自信あるから」

「……水瀬《みなせ》ですか？」

海野が問いかけると、川辺は返事をする代わりに不敵な笑みを浮かべた。

水瀬は、ほんの数ヵ月前まで大学生だった。しかし趣味で作ったゲームを公開したことをきっかけに川辺から熱烈なスカウトを受ける。その結果、卒業を待たずリバテクに所属することを決めた。

現在、リバテクは触覚の研究をしている。それは一年以上も停滞していたが、水瀬の天才的な閃《ひらめ》きによって一気に加速した。

「……俺は若い才能が怖いです」

「なーに言ってんだ。清正くんまだ三十二歳だろ？　これからじゃないか」

川辺は笑いながら海野の背中を叩いた。

海野は苦笑して、ズレた眼鏡の位置を指先でクイッと直しながら顔を上げる。

「ぶっちゃけ、どれくらい勝算があると思ってます？」

それは触覚の研究が成功するか否かをたずねた質問ではない。

触覚の研究が終わった後、それを使った事業が成功するか否か、という質問だった。

「百パーセント」

川辺は迷わず断言した。

しかし海野は訝《いぶか》し気な表情をして問いかける。

「メタバース、見事にコケましたけど？」

「あーれーは、実に滑稽だったね。俺に言わせれば、どこもかしこもセンスが無い。仮想世界で覇権を取りたいのなら、まずはバーチャルアイドルだ。それ以外は有り得ない。あいつらは、魚のいない海に札束を投げていたんだよ」

川辺は軽く笑った後、唐突に真剣な表情を見せた。

「勝つさ。負けるわけがない」

川辺はシンギュラリティを見据えている。

そして仮想世界に人工知能だけの社会が誕生すると予測している。

だからビビパレを生み出した。

目的は、同時並行で進めている触覚の研究が終わった時、一気に仮想世界の覇権を握ること。

「まもなく、仮想世界は完全な触覚を手に入れる」

川辺は、笑っているようにも悲しんでいるようにも見える表情で呟《つぶや》いた。

この時、彼は勝利を信じて疑わなかった。既に先を越され、自分と似たようなビジョンを持った者が強力な一手を用意していることなど、欠片《かけら》も想像していなかった。


故に。


「やーらーれーた」

その情報を知った時、川辺は子供みたいに不貞腐《ふてくさ》れた顔をして床に寝転がった。

「やーらーれーた！」

川辺は両手両足をジタバタさせる。海野は彼の隣でコホンと咳払《せきばら》いをして、険しい表情で言った。

「どうしますか？」

「どうって、あーりーがーたーく？　サービスを利用するしかないでしょ」

数日前、都内某所でバーチャルアイドルとの握手会が開かれた。

ファンは何も無い部屋に案内され、アームカバーのような道具と眼鏡を装着する。

次の瞬間、目の前にバーチャルアイドルが現れる。ファンは握手を求められ、戸惑いながら応じる。

そして、あまりにもリアルな感覚に驚愕《きょうがく》することになる。

その情報はＳＮＳを通じて一夜にして広まった。

それだけではない。まるで事前に準備していたかのように、いくつかの企業がその道具を利用したサービスの開発を始めると発表したのである。

ＳＮＳではお祭り騒ぎ。普段は仮想世界とは無縁な層も関心を示し、合同会社ＫＴＲが販売開始したアームカバーと眼鏡は飛ぶように売れ、入手困難な状況になっている。

川辺はコネを使って実物を入手した。

そして先を越されたことを悟り、不貞腐れて寝転がったのである。

「けーてぃーあーる？　どーこーだーよ？　急に……まーじかー」

ただ技術的に先を越されただけならば、いくらでも出し抜くことができる。

ライバルよりも優れたビジネスモデルを作り、圧倒的な資金力で顧客を奪えばいい。

しかしＫＴＲの戦略は川辺の目から見て完璧だった。恐らく事前にめぼしい企業との交渉を済ませている。さらに知名度のあるバーチャルアイドルを使うことで一気に会社の名を広めた。

客観的に見て仮想世界における触覚イコールＫＴＲという図式が完成している。

もはや、後発の類似サービスなど見向きもされないだろう。

いやいや冷静になれ。何か方法があるはずだ。例えばビビパレを使ってネガキャン……いや無理だ。敵を作り過ぎる。ここまで用意周到な経営者なら対策も考えてるはず。ここは正攻法で行くしかない。

川辺は頭を悩ませる。

その一方、海野はパソコンを操作して会社の名前で検索した。

「代表は鈴木健太《すずきけんた》。ご存知ですか？」

「しーらーなーい」

「社員は彼を含めて六名。まずは……ん？　音坂翼《おとさかつばさ》？」

「は？　は？　え、は？　まー？」

川辺は慌てた様子で立ち上がり、海野が操作していたパソコンのディスプレイに顔をくっつけた。

「こーいーつーかーよ！　あー！　マジか！　道理で用意周到なわけだ！」

音坂は経営者の家系である。

あらゆる業界に顔が利き、一度でも経営に携わった者なら必ず名前を耳にする。

特に今世代の音坂兄妹は有名である。

兄は学生時代から世界中で活躍しており、ビジネスの世界で彼の名前を知らない者は存在しない。

妹もまた、容姿端麗な天才少女として全世界で注目されている。

「他は……聞いたことのない名前ですね」

海野は川辺の頭を手でどかして、社員一覧というページを眺めながら言った。

「俺も……待て待て、まーてーよ？　この佐藤《さとう》って神崎央橙《かんざきえいと》が何度か話題に出してる女では？」

「あー、思い出しました。はい。ＲａＷｉのシステムをワンオペしていた女性ですね」

中小企業であれば社内システムをワンオペするなど珍しいことではない。

だが、ＲａＷｉ株式会社はＩＴ業界において名の知れた大企業だった。

その会社のシステムを一人で管理していたなど、到底信じられる話ではない。しかし神崎央橙が情報の発信源ということで、技術者の間では大きな話題となった。当然、川辺達《たち》もその話を知っている。

「はい、終わり～！」

川辺は再び寝転がった。

「神崎央橙がバックで？　こんなヤベェ女まで付いてるとか勝てるわけなーい！　あー、くっそー！　先越されたー！　ぐやじぃぃぃ～～！」

海野は冷めた目で川辺を見た後、もう一度ディスプレイを見る。

何か他の情報は無いかと別のページを見て、社員の集合写真を見たところで手を止めた。

「山田恵《やまだめぐみ》……この女性、どこかで」

名前を見た時にはピンと来なかった。しかし、その容姿には見覚えがある。

「やーまーだ？」

川辺はシクシク泣きながら少しだけ身体《からだ》を起こし、海野と同様に集合写真を見た。

集合写真には社員の名前が入っている。それを頼りに山田という名前を探して、そして、笑った。

「やーまーだ！」

それから再びディスプレイに顔をくっつけて山田恵の顔を凝視する。

そして思い出した。触覚の研究は、彼女が残した資料からインスピレーションを受けたものなのだ。

「ふ、はは、行ける。行けるよこれ。ワンチャンこれ……奪えるんじゃね？」

「奪う？」

海野が不思議そうな声で言うと、川辺は彼が操作していたマウスを握った。

それから画面を操作して、会社までのアクセス情報が記されたページを開いたところで手を止める。

「ちょっと行ってくる」

川辺は海野に顔を向けて言った。そこに直前までの幼子のような雰囲気は無い。

彼は世界一を目指す経営者としての顔を見せ、海野を含めた全社員に向かって宣言する。

「手に入れてくる。そのつもりで準備しとけ」

その指示に疑問を呈する者は、新人である水瀬以外に存在しなかった。

彼がやると言ったら必ずやる。これまでの実績によって培われた信頼がある。

かくして、川辺公仁は合同会社ＫＴＲに現れるのだった。

＊　＊　＊

「やー、突然すまないね」

合同会社ＫＴＲの近くにあるファミレスのテーブル席。

川辺は、正面の席に座っている健太に向かって陽気な声色で言った。

「構わないですよ。ボクも話がしたいと思っていたので」

「そーれーは、嬉《うれ》しいね。どんな話がしたかったの？」

「もちろん、ビジネスの話です」

「……へー？」

川辺は頬杖《ほおづえ》をつき、商売敵の目をジッと見た。

……速攻で本題に入るべきか？

川辺は貼り付けた笑顔の裏側で熟考する。

鈴木健太という名前に聞き覚えは無い。だから川辺が会社に赴けば、交渉の場には音坂が出てくると思っていた。しかし目の前の若者はノータイムで自分をファミレスに案内した。

まるで「川辺公仁」の来訪を予期していたかのように、迷うことなく。

……いや、もう少し探るべきだな。

「鈴木さん、で良いのかな？」

「もっとフランクに健太と呼んでも大丈夫ですよ。公仁さん」

川辺は生意気なクソガキだなと思いながら、その発言を深読みする。

相手の目的。深層心理。それらはちょっとした言葉選びに表れるものだ。

……こいつの狙いは何だ？

川辺は相手が「ビビパレ」を求めていると考えている。用意周到な握手会など、根拠は無数にある。

そして直前の発言から察するに、どうやら「対等な関係性」を欲しているようだ。

……違和感がある。

健太が持つ手札は仮想の触覚、握手会という実績、そして協力関係にある企業群。そこには付け入る隙が全く無い。今後、仮想の触覚を求めるならば、彼らと手を組む選択がベストだと思わされるような状況が構築されている。

一方で、川辺が持つ手札はビビパレただひとつ。

仮想の触覚を使った事業を考えた時、ビビパレは是が非でも欲しいカードだが、必須ではない。二位以下のグループと手を結んだ場合でも、それなりの結果が得られるからだ。しかし逆は違う。

合同会社ＫＴＲがリリースした触覚はクオリティが高過ぎる。あれを知った顧客は、他のサービスを受け入れられないだろう。このためビビパレが仮想の触覚を使うためには、方法がひとつしかない。

仮に川辺が健太の立場ならば、とにかく値切る。

有利な立場を利用して、限界まで安い値段でビビパレを「買う」ことだけを考える。

しかし健太は対等な関係性を望んだ。

だから違和感がある。

あの用意周到な握手会を計画した男が、なぜ有利な立場を捨ててまで「対等」を求める？

「そーれーは、もう少し仲良くなってからにしましょうよ。鈴木さん」

川辺は健太の提案を拒絶した。もちろん、その意味は正しく健太に伝わった。

「残念。それでは川辺さん、本日はどのようなご用件で？」

しかし健太は全く動揺を見せなかった。

……こーれーは、油断したらやられるだろうね。

川辺は健太に対する評価を「生意気なクソガキ」から「生意気な経営者」に改めた。

「まーあーね？　大した用事じゃないですよ」

だからこそ、先手を打つことにした。

「ただ、ウチから盗んだモノを返してくれと言いに来ただけ」

健太の表情が微《かす》かに強張《こわば》る。

川辺はその変化を見逃さない。

「山田恵、以前はウチの社員だったんですよ。知ってました？」

健太は沈黙を選んだ。

ここでイエスと返事をした場合、川辺の「盗んだ」という発言が有利になる。なぜなら川辺も触覚の研究をしているからだ。その詳細を知り得る立場だった恵から触覚技術の提供を受けたならば、故意に技術を盗んだと言われても反論できない。

一方でノーと返事をした場合、川辺に会話の主導権を握らせることになる。なぜなら、何も知らない健太に対して、川辺が「真実」を教えるという上の立場になるからだ。

「直《す》ぐに返してくれるなら、穏便に済ませてやっても構わない」

しかし、川辺からすればどちらの返事でも構わなかった。

「断るなら、残念だけど裁判所で不毛な争いをすることになる」

相手に考える時間なんて与えない。

次々と脅し文句を並べ判断能力を奪う。それが川辺の狙いである。

「十秒後、俺は席を立つ。その後は一切の発言を受け付けない。さぁ、カウントダウンだ」

川辺はねっとりとした声で数字を数え始めた。

その間、健太は彼の目を見ながら思考する。

……彼は絶対に裁判を起こさない。

川辺が最初の数字を口にした瞬間、健太は相手の発言がブラフであるという結論を出した。

裁判を起こすデメリットが大き過ぎる。ユーザーは先日の握手会によってホットな状態であり、次の展開を待ち望んでいる。裁判で機を逃せば熱を冷ます結果となる。それどころか、第三者に漁夫の利を与えるリスクまである。これを上回るメリットなど考えられない。

「きゅーう、はーち」

「分かりました」

健太は川辺が三番目の数字を口にしている途中で声を出した。

川辺は思わず眉を上げる。ここまで早く結論が出ることは想定していなかった。

健太は柔らかい笑みを浮かべ、軽く両手を広げる。そして自信に満ちた声色で言った。

「ボク達を雇う権利を差し上げましょう」

その笑顔を見て川辺の頭に空白が生まれる。

「裁判、起こすつもり無いでしょう?」

すかさず健太は淀《よど》みなく言い切った。

……マジかよ。今の数秒でバレたのかよ。

川辺は無意識に苦笑を浮かべた。その動揺を健太は見逃さない。

「あなたは、いくら出せるんですか?」

まるで他の会社とも交渉しているような言い方だが、そんな事実も予定も無い。

しかしタイミングが抜群だった。実際、川辺の思考は金で解決する方向に誘導されている。

「鈴木さんが言う権利は、買収的な意味で良いのかな?」

「ボクの目的は将来のために軍資金を得ることです」

それは買収の否定であり、将来的なプランがあるという宣言でもあった。

川辺は相手の目的が見えない不快感に表情を強張らせ、今日初めて緊張感を持って探りを入れた。

「軍資金が欲しいなら、音坂くんに融資を頼めば良いのでは？」

「翼は親友です。友達から金を借りろなんて、そんな冗談はやめてください」

ほんの一往復の会話。それを受けて川辺は思う。こいつ、実はそんなに金欲しくねぇな。

資金を得たいなら株式会社にしない理由が無い。音坂のバックアップを受ければ銀行から多額の融資を受けることも可能だろう。これまでの会話レベルからして、あえて避けたと考える方が自然だ。

……撤退しよう。癪《しゃく》だが、彼の誘導に乗るしかない。

川辺は金で解決する判断をした。

いくらか疑問は残っているが、何か下手を打ってチャンスを逃すべきではないと思わされた。

「早い話、そちらの人材を売るって建前で、何か一緒にやりたいわけだろ？　期間は？」

「ひとつのイベントを企画してから、それが完了するまで、というのは如何《いかが》でしょう？」

「なるほど。そちらの社員は六人だったっけ？」

「ええ、ご認識の通りです」

「なーらーば、一ヵ月あたり千。ひとまず三ヵ月として、少し色を付けて二億。これでどう？」

川辺としては、過去の類似事例から最大級の額を提示した。

ここで小銭をケチって心証を悪くするべきではないと思ったからだ。

「ご冗談を」

しかし、健太はこれを一蹴する。

「その辺のコンサルでも週に千は要求しますよ？」

「まーて待て。音坂くんを基準にして貰《もら》ったら困るよ」

「その音坂がウチに所属していることをお忘れですか？」

「逆に聞くけどね？　週に千なら八億。これ大金よ？　君、イベントひとつで回収できると思う？」

「逆に聞きますが、小銭を稼ぐつもりで弊社まで来たのですか？」

こいつマジで腹立つな、と川辺は思った。

健太は相手の不快感を察しながらも、笑みを崩さずに言葉を重ねる。

「参考までに、神崎央橙は弊社の佐藤に十億の報酬を提示して引き抜きを試みました」

「それ以上を出せと？」

「そうでなければ、あなたと組むメリットが無い」

健太は突き放すような口調で言ったが、それはブラフである。交渉決裂など望んでいない。

川辺は顎に手を当て、鋭い視線を健太にぶつけた。

健太は笑みを返し、テーブルの下で両手を握り締める。そこには嫌な汗が滲《にじ》んでいた。

沈黙が生まれる。僅か数秒だが、互いの体感時間では数分が流れた。そして、川辺が口を開いた。

「率直に教えてくれ。もしも君がビビパレを手にした場合、イベントひとつでいくら利益を出せる？」

「百億円以上」

健太はノータイムで答えた。川辺は「マジかよこいつ」と思いながら問いかける。

「利益だぞ。売上じゃない」

「もちろん。ボクも利益の話をしています」

「根拠は？」

「企業秘密です」

川辺は苦笑を浮かべながら計算する。仮に一度のライブで十万人を集めたとする。百億円を達成するためには、客単価が十万円となる。これはとても現実的ではない。仮に利益率十割という魔法が使えたとしても、百億円以上の利益が出せるとは思えない。

……あるのか？　俺に思い付かないような秘策が。

川辺は改めて健太の目を見た。

目には多くの情報が表れる。経営者が難しい投資判断を迫られた時、交渉相手の目を判断材料として結論を出した事例があるくらいだ。

……ギャンブルだな。

選択肢はふたつ。生意気な若者の口車に乗るか、撤退してサービス利用者になるか。

……客観的に考えろ。彼は俺相手にここまで話を展開した。投資だと思って縁を作るのも悪くない。

川辺は長い息を吐いた後、表情を和らげる。

「健太、君の口車に乗ってあげるよ」

その発言の後、川辺は姿勢を正して握手を求める。

「利益を折半。そーれーで、どうかな?」

健太は考え込むように目を伏せた。

そして数秒後、緊張が解《ほぐ》れたような笑みを浮かべて握手に応じる。

「分かったよ公仁。その条件にしよう」

かくして交渉は合意に至る。

川辺は仮想の触覚とそれに付随する話題性、健太はビビパレという世界一の宣伝媒体を得た。


二人の思惑は、後に一人の夢と衝突する。

そして健太は、この交渉が始まる前に、その未来を予期していた。

……君は、今回も期待を超えてくれるのかな?

彼は微笑の裏でこの場には居ない幼《おさな》馴染《なじみ》の姿を思い浮かべ、その言葉を投げかけたのだった。

第11話 スタートライン

「第一回、バーチャル打ち上げ〜！　いぇ〜い！」

こんにちは、プログラミングができるプロデューサーの佐藤愛《さとうあい》です。

お気付きですか？　プロが二個あります。つまり超プロってことです。

たった今、超プロの私が企画したバーチャル打ち上げが始まりました。

参加者は三人。私とめぐみん、そして新たな仲間、小鞠《こまり》まつりさんです。

『お疲れ様』

まつりんが画面の向こう側で微笑《ほほえ》みました。

その笑顔に思わず胸をときめかせながら、私は用意した緑色の液体を口に含みます。

「メロンソーダいぇぇぇぇぇ!!」

『ラブちゃん、テンションやばいね』

「全然やばくない。これがデスマーチ明けのスタンダードだわよ。……ふふっ、だわよって何」

ランナーズ・ハイという言葉を借りて、プログラマーズ・ハイとでも表現するべきだろうか。

今宵《こよい》の私は、それはもう愉快なことになっている。

原因は、先日の握手会。

小鞠まつりをバーチャル社員として迎えた直後に「短納期」で開催されたイベントである。

当時、私がケンちゃんにスカウト成功を報告すると、彼は言った。

十六日後に恵《めぐみ》アームを使った握手会を開催する。

私は耳を疑った。常識的な開発ならば、握手会とは何か、具体的にどういう仕様にするのか、ということを少なくとも一ヵ月ほど話し合う。しかし私に突き付けられたのは「本番まで十六日」という鬼のようなスケジュールだけだった。

「まぁ、楽しかったけどね」

私はぽつりと呟《つぶや》いて、残ったメロンソーダを一気に飲んだ。

『あちきも、すっごく楽しかった』

まつりんが幸せそうな声で言った。

その言葉を聞くと、開発者として嬉《うれ》しくなる。

『そういえば、恵さんは？』

「私の膝で寝てるよ」

『あはは、お疲れなのかな？』

私は「うんうん」と頷《うなず》いた。まつりんが言った通り、めぐみんは体力の限界を迎えている。

「……愛は、おかしい」

めぐみんが疲れた声で言った。

「……どうして、そんなに、元気なの？」

「そこにメロンソーダがあるから」

「……メロンソーダって、なんだっけ」

「甘くておいしい炭酸飲料だよ」

冗談はさておき。

「真面目に答えると、慣れかな。前の会社に居た時はずっとこんな感じだったから」

「……大変、だったね」

その言葉を最後に、めぐみんはガクッと脱力した。

「まつりん、ちょっと席外すね」

私はめぐみんをベッドに寝かせた。

それからミニテーブルの前に戻って、マイクをオンにする。

「お待たせ」

『恵さん、大丈夫？』

「うん、ベッドに寝かせたよ」

『あはは、なんだか姉妹みたいだね』

「そうなのよ。あの子ったら張り切り過ぎちゃって……」

『今度はお母さんかな？』

最初のハイテンションはどこへやら。

二人になった私とまつりんは、遊び疲れた後みたいに静かな会話を続けた。

『ねぇラブちゃん。次って、どうなるのかな？』

「リバテクと組むらしいよ」
『へぇ……』
数秒の沈黙。
『へぇ!?』
まつりんは急に大きな声を出した。
『リバテクって、あのリバテク？　ビビパレのところ？』
「おー、流石《さすが》まつりん。詳しいね。それそれ」
『……本当に？』
「マジマジ。ケンちゃんが言ってた」
『……鈴木《すずき》さん、何者なの？』
泣き虫な幼馴染《おさななじみ》です。と、数ヵ月前なら即座に返事をしていたと思う。
だけど最近の彼は……なんか、ちょっと、嫌な感じがする。
特に違和感が強くなったのは、まつりんのスカウトを成功させた後だ。
彼の反応は、機械みたいだった。
スカウトに成功したの？　じゃあ次はこのパターンね。……みたいな感じ。
仮に私が失敗していたら、即座に別のプランが実行されていたのだと思う。
握手会だってそうだ。本当なら今日の打ち上げは皆《みんな》で集まって行うべきだ。
だけど彼は「次の準備があるから」と言って、忙しそうに次の仕事を始めた。

おかしいよ。握手会、大成功だったんだよ？

だから、なんというか……ほんの少しくらい、嬉しそうな顔をしても良いと思うんだけどな。

『ラブちゃん？』

「あ、ごめん。ちょっと考え事してた」

私はマイクをオフにして、軽く頬を叩《たた》いた。

ダメダメ。打ち上げなんだから。後ろ向きなことを考える時間なんかじゃない。

「まつりん！　何か、やりたいこと、ある？」

再びマイクをオンにして問いかける。

「ビビパレと一緒に仕事できるんだよ？　これって、すごいチャンスじゃない？」

『……んー、迷っちゃうなぁ』

その返事を聞いて思わず頬が緩む。

「言うだけなら無料だよ」

私は「やりたいこと」を探すだけで必死になっていた。

だけど今の彼女は、やりたいことが多過ぎて悩んでいる。

佐藤愛としては、嫉妬する。

彼女を世界一のアイドルにするプロデューサーとしては、やる気が出る。

『まずはコラボかな。これは絶対やりたい』

「いいねいいいね。他には？」

『晴海《はれうみ》トトのサインとか欲しいかも』

「おっけー、絶対貰《もら》ってくる。他には？」

『他には……ライブ、やりたい。でっかいやつ』

「でっかいライブ？」

『そう！　武道館とか、ドームとか、とにかく大きいところ！』

まつりんは子供のようにキラキラした声で言った。

画面に映るアバターを見ても分からないけれど、きっと本人は瞳を輝かせているのだと思う。

『小鞠まつりだけでお客さんを集めるのは難しいけど、ビビパレと一緒なら満員にできるかも！』

「良いね！　任せて！　私それ絶対やるよ！」

『言ったな？　取り消せないぞ？』

「ふふふ、超プロの愛ちゃんに任せなさい」

『超プロ？』

「プログラミングもできるプロデューサーだよ。プロがふたつあるから、二倍プロで超プロ」

『あはは、何それ面白い』

ウケた。満足。

私が謎の達成感に浸っていると、彼女はひとしきり笑った後で言った。

『それじゃあ、プロデューサーさんにお願いがあります』

「うむ、言ってみたまえ」

彼女は軽く息を吸い込む。

そして、仮想空間をひとつ隔てて、私のことを真っ直《まっす》ぐに見て言った。

『小鞠まつりを、大きなステージに連れて行ってください』

「任せて！」

かくして、私は約束をした。

それがどれくらい難しいことなのかは想像することもできないけれど、必ずやると、心に誓った。

＊　＊　＊

私、佐藤愛まだギリギリ二十八歳！

あのねっ、今からねっ、リバテクとのミーティングが始まるの！

ギロッポンの駅から少し歩いて巨大なビルのセキュリティゲートを抜けて上層階にあるメッチャ広い会議室に案内されて強そうな人達《たち》と向かい合ってウヒャァ!?　誰かに足を踏まれた!?

「おいこら人たらし、キョロキョロすんな」

「人たらしッ!?」

左隣に座っていたリョウのあんまりな言葉を受けて、私はシュンとする。

ここで、少しだけ時を戻す。

私達が会議室に入ると、直ぐに一人の男性が立ち上がって言った。

「川辺《かわべ》は少し遅れます。座ってお待ちください」

眼鏡をかけた賢そうな人。名札には「海野《うみの》」と記されている。

「広々とした会議室ですね」

ケンちゃんは爽やかな笑顔で返事をすると、翼《つばさ》を一瞥《いちべつ》した。

翼は何も言わず席に座って、私達を見た。リョウが彼の隣に座り、私、めぐみんと続いた。

私はふかふかの椅子に感動しながら、会議室を見た。

多分、横幅は十メートルくらい。今座った椅子の前には巨大な丸いテーブルがあって、会議室の中をグルッと一周している。さっき数えたら席の数が三十六もあった。

巨大なスクリーンを正面とした時、ちょうど私達とリバテクの方々が左右に分かれる配置になる。リバテクの方は一番前が空席になっているから、多分そこに川辺さんが座るのだろう。

「おいこら人たらし――」

と、こんな具合に観察したところで叱られたというわけだ。

恥ずかしい。眼鏡の海野さんの隣に座ってる若い女性にメッチャ笑われてる。

「ごっめーん！　前の会議が長引いちゃった！」

ガラガラ、という音と共に誰かが現れた。

状況から察するに、彼が川辺さんなのだろう。

「やぁ健太《けんた》、待ってたよ」

「あぁ公仁《きみひと》、これからよろしくね」

二人はファーストネームで呼び合うと、外国人みたいなノリで軽いハグをした。

私がぽかんとしていると、川辺さんがリバテクの方々に向けて言った。

「こちらがマブダチの健太。それからKTRの皆様だ。しばらく一緒に働くことになる」

川辺さんが私達を紹介すると、向こうの方々は「えぇ……」という驚きと呆《あき》れが混じったような反応を見せた。察するに、事前に話を聞かされていなかったのだろう。そんなバカな。

「さーてーと？　ファシリテーターは俺で良いのかな？」

川辺さんは席に着くと、謎の横文字を使った。

ファシ……なに？　ＲＰＧの職業かな？

「いや、挨拶も含めてボクがやるよ」

「そうか。なら健太に任せよう」

ケンちゃんは自信に満ちた表情でスクリーンの前に立った。

それからリバテクの方々を順に見て、爽やかな微笑を浮かべて言った。

「鈴木健太です。知っての通り、皆さんの研究を無価値に変えた会社の代表です」

何言ってんだこいつ。

「研究については、そちらの長髪の女性、山田《やまだ》がほぼ一人で終わらせました」

めぐみんドヤ顔やめて！　向こうの方々すっごい顔してるから！　世紀末みたいになってるから！

「隣の女性が佐藤。その技術を僅か二ヵ月でサービス化したエンジニアです」

あっ、あっ、今度は私に熱視線。とりあえず会釈しとこう。早く次に行け。

「他、ボクを含めた三名は営業担当。ボクのように生意気なトークで顧客を得るのが特技です」

ケンちゃんが肩をすくめ戯《おど》けて見せると、川辺さんがハハハと手を叩いて笑った。ウケてる。

いや、彼の隣に座る眼鏡の男性、海野さんが「何わろてんねん」って顔してる。ダメそう。

「はーい、質問良いですか？」

「どうぞ」

眼鏡さんの隣に座る女性が挙手をした。

若い。茶髪のボブで女子大生の見本みたいな外見。川辺さんが来る前に怒られた私を笑ってた人だ。

「まつりちゃんは来てないの？」

「佐藤のスマホを使ってリモートで参加しています」

「マジ？　挨拶とかできる？」

彼女はキラキラした目で私を見た。

しかし、その直後に川辺さんが口を挟む。

「楓《かえで》ちゃん、ごめん、後にして」

「……はーい」

彼女は姿勢良く溜息《ためいき》を吐《つ》いた。その仕草までもが若い。

それはさておき声優さんみたいな声だった。もしかしてバーチャルアイドルの方なのかな？

「喋《しゃべ》ったついでに紹介するか。隣の眼鏡が海野。次が中野《なかの》。以降、リバテクが誇る最強のクリエイター五名。それから今日は不参加の水瀬《みなせ》を入れて、総勢九名が本プロジェクトに参加します。よろしく！」

川辺さんが紹介すると、リバテクの方々は会釈をした。

私は「あ、ぅす、よろしゃす」という具合に会釈を返す。

そんなこんなで軽い挨拶を終えた後、ケンちゃんが声を出した。

「さて、ボク達が今日ここに来た目的を話します」

私は気持ちを切り替えて耳を傾ける。

そんなバカなと思うかもしれないけれど、これから初めて彼の目的を耳にするのだ。

「弊社が持つ触覚技術とスマメガ、そして貴社のビビパレを使ったイベントを開催します」

スマメガの作者は私だけど、その権利は売却済みなので勝手に商用利用することはできない。

実は、翼がケンちゃんに激おこだった理由のひとつがこれである。

翼はスマメガを高く評価していた。だから売却という判断に失望したみたいだ。

ただし、スマメガを買った会社は技術の解析に苦労していた。

そこに付け込んで安値で協力するように交渉……ということが握手会を開くまでの間にあった。

私が少し懐かしい気持ちで思い出していると、ケンちゃんは軽く息を吸ってから話を続けた。

「ボク達には、そのイベントで百億円以上の利益を出すプランがあります」

何それ初耳なんだけど。

「これには、触覚技術に精通している優秀なクリエイターの協力が欠かせません」

ケンちゃんは再びリバテクの方々を見る。

私にはプレゼンの知識なんて無いけど、上手な間の取り方だなと思った。

もしも私がリバテクの立場だったらモチベーションが上がると思う。

いや、最初にディスられた件でマイナスが勝つ。やっぱりギルティ。

「利益を折半。その条件で公仁と合意しました。要するにボク達は対等な関係です」

「その通り！」

鋭く口を挟んだのは川辺さん。

私はケンちゃんが一瞬だけビクッとしたのを見逃さない。おかわいいこと。

「はーい、イベントって何やるの？」

先程の若い女性、中野さんが再び質問した。

「なんでもいいですよ」

ケンちゃんはとんでもないことを言った。

さも我々には完璧なプランがありますみたいな口振りなのに、イベント内容未定というのは驚きだ。

「何か希望はありますか？」

「じゃあ、一番盛り上がる奴《やつ》で。きーくんもそれで良いよね？」

「アグリー！　盛り上がった方が良い！」

川辺さん「きーくん」って呼ばれてるんだ。

私が形容しがたい衝撃を受けていると、眼鏡の男性、海野さんが頭を抱えて呟いた。

「あんた脳みそ寝てんですか……」

絶妙な表情をしている。彼は苦労人ポジションみたいだ。

私が「苦労人な部下と破天荒な上司か」などと密《ひそ》かに妄想していると、中野さんが言った。

「まーくん、そんなに悩んでばっかりだとハゲるよ？」

海野さん「まーくん」って呼ばれてるんだ。

私が再び衝撃を受けていると、彼は溜息まじりに言った。

「そういう心配は既にハゲてる誰かさんに言ってやれ」

「はーげーてないから。髪の毛が俺の進歩に追いつけないだけだから」

そのやりとりを聞いて、リバテクの方々はクスクスと笑った。

私も、なんというか緊張が解《ほぐ》れた。思ったよりも賑《にぎ》やかな方々だ。

「このハゲは置いといて、俺からも質問させてください」

「待て待て清正《きよまさ》くん。今の時代、最も考え抜いた者が勝つんだ。頭のリソースを髪に使ってるようでは勝てない。つまり俺のこれは戦略的なハゲってわけだ」

「ハゲ認めてんだろそれ。黙っててください」

「楓ちゃん！　清正くんが酷《ひど》い！」

「きーくん。今は真面目な時間でしょう？　髪の代わりに口数増やすのやめよ？」

「四面楚歌《しめんそか》！」

川辺さんが悲鳴を上げると、海野さん以外がケラケラと笑った。

一方、海野さんは冷静に咳払《せきばら》いをして、真面目な表情でケンちゃんを見る。

「あらためて質問します。あなたは、どのような手段で百億円もの利益を出すつもりですか？」

「ボク達の技術を全世界にプロモーションする。それだけです」

「詳細をお聞きしても？」

「申し訳ありません。急な話だったので資料を作成中です。今日は、イベントについて話しましょう」

ケンちゃんは軽く手を開き、会議室に集まった全員に向かって言う。

「もちろんプランはあります。しかし、このアイデアがベストだとは考えていません。だから、まずは皆様の意見を聞きたい。求めているのは、最も多くの人にリーチできるイベントです」

ケンちゃんが言うと、リバテクの方々は考え込む様子で目を伏せた。

私は「ここしかない」と思った。

まつりんと交わした約束。ライブを開催するためには、今ここで発言するしかない。

だけど、リバテクの方々に意見を求めているのに、私が発言したら変な空気にならないかな？

……違う。知るかそんなの。後悔するのは、ちゃんと行動してから！

私は覚悟を決めて、大きく息を吸い込んだ。

「ライブ、やりましょう！」

わわっ、一斉に視線が集まった。

「だってほら、バーチャルアイドルですよ？　ライブ一択じゃないですか」

あれれ、なんだか反応が鈍い。

「えっと、あの、スマメガを使えば、この会議室からだってライブに参加できますよ！」

今のは実質的に参加者数が無制限みたいなことが言いたかった。

だけど緊張のせいで上手に喋れなかったような気がする。大丈夫かな。伝わったかな？

「確かに、ライブは安牌《あんパイ》ですね」

海野さん！　ナイスフォロー！　後でジュース奢《おご》ります！

「しかし触覚という利点をどう活《い》かしますか？」

「……」

やばい、何も言えない。全然優しくなかった。ジュース奢るのやめます。

「俺は愛の意見に賛成する。ライブという軸で議論するのが一番良い」

そこで助け船を出してくれたのは、いつの間にかお仕事モードになっていた翼だった。

「何か具体的なアイデアがあるのですか？」

「例えば、最前列の人はアイドルと触れ合える」

翼が即答すると、海野さんは微妙な反応を見せた。

それを見た翼は軽く息を吸って、身振り手振りを添えながら言う。

「物を投げる手段もある。実物ではないのだから、全員に届けられる。これを課金アイテムにすれば、単純に収益を増やすことができる。ペンライトやライブ衣装を課金アイテムにするのも有効だ。コストがゼロに等しいから売上がほぼ利益になる。何より仮想のアイテムを購入するという心理的ハードルを下げるきっかけになる。単品売りではなく、定期的にライブを開催すると予告してサブスクリプションを提供する手もある。と、少し考えただけでも無数にアイデアが出る」

翼がまるで台本を用意していたかのようにスラスラ言うと、一部から「おー」という声が上がった。

海野さんも感心したような表情をしている。私は胸がキュンとなった。

「なるほど。あなたの言う通りだ。確かにサブスクリプションならば、長期的には百億も可能ですね」

海野さんは納得した様子で頷いた。

私は感謝を込めた視線を翼に送る。

その視線に気が付いた彼は、軽く笑みを浮かべてウインクをした。

ぎゃふんっ、何かを撃ち抜かれた私は目を閉じて俯《うつむ》いた。

どうしよう。今後一週間くらい翼の目をまともに見られないかもしれない。

「さて、別案はありますか？」

ケンちゃんが場を繋《つな》ぐ形で言った。

その言葉に対しては、何か悩む素振りを見せる人も現れなかった。

「それでは、ライブという方向で考えましょうか」

「アグリー！」

「きーくんうるさい」

また川辺さんがいじられて、愉快な笑い声が生まれる。

その後、ライブの詳細を決めるため、一日だけ時間を置いて各々がアイデアを考えることになった。

そのアイデアを明日の会議で発表しましょうということで互いに合意して、本日の会議は終了した。

もちろん急ぎたい気持ちはあるけれど、急に決まった契約ということで、お互いに現在の仕事を整理するため、しばらくは短い会議だけの付き合いになるようだ。

さておき、私は心の中でガッツポーズをしていた。

ライブができる。まつりんとの約束を守れる。

もちろん私一人の力で意見を通せたわけではないけれど、確実に一歩、目標に近づいた。

そのことが、とても嬉しく思えた。

＊　＊　＊

会議の後。

私は塾講師をするため、生意気な幼馴染と二人でタクシーで事務所を目指している。

「これから忙しくなりますわね」

「……そうだね」

塾講師の仕事はこの先しばらく休業になる。

しかし、流石に直近の予約をドタキャンするのは無理なので、一週間くらいは営業を続ける。

「まつりんが歌う時間、どれくらい確保できるかな？」

私が言うと、ケンちゃんは「あっ」という顔をした。

「あー、そうだね。これは言うべきだね」

なんだろ？　私、べつに変なこと言ってないよね？

疑問に思っていると、彼は困ったような笑みを浮かべて言った。

「佐藤さん、このままだと彼女の出番は無いよ」

「……え？」

「ライブ出演者はビビパレードから選ばれる」

大きな衝撃を受ける私とは対照的に、彼は世間話でもするような態度で言った。

嫌な温度差を感じる。これまで目を背けていた違和感が、無視できないレベルに膨れ上がった。

「佐藤さん、続きはタクシーを降りてからにしよう。あまり人前でするべき話じゃない」

「……分かった」

私は喉元まで出かかった言葉を飲み込んで、彼の提案を受け入れることにした。

それ以降、次の会話は続かなかった。

静かな車内。私は車の走行音を聞きながら、モヤモヤとした気持ちを抱いていた。

彼は、おかしな発言はしていない。ただ予想を言っただけだ。

客観的に考えて、その予想は正しいと思う。出演者を選ぶ時、ビビパレが優先される可能性は高い。

だけど……いや、続きは後にしよう。

数分後、目的地に到着した。

それから事務所まで移動した後、私は後ろを歩いていた彼がドアを閉めた直後に質問した。

「どういうこと？」

彼は指を二本立て、それを折りながら返事をする。

「ライブの目的はふたつある。ひとつは軍資金を得ること。もうひとつは、名前を売ること」

「名前を売りたいなら、小鞠まつりを出した方がいいんじゃないの？」

「ボク達にとってはそうだね。だけどリバテクにとっては違う。ライブ出演者をビビパレで固めれば、話題を独占できる。それはボク達との契約が終わった後の利益に繋がる」

分かりやすい説明だと思った。

私達とリバテクの協力関係は一時的なものだ。その後の利益を考えたら、彼の言う通りビビパレだけでライブをした方が、リバテクにとっては良い結果になる。

「でも、私達としては、小鞠まつりを出演させた方が良いよね？」

私は質問ではなく確認のつもりで今の言葉を言った。

正直、出張から戻った後の彼は好きじゃない。人の気持ちを蔑《ないがし》ろにするような態度が多い。

だけど、その仕事振りについては心から尊敬している。

目標に向かって一直線に、次々とアイデアを出して実行する彼は、とても頼りになる。

そして何より、信じていた。

どれだけ態度が変わっても根っこの部分は変わらない。

リバテクの狙いが分かっているのなら、その上で、どうやって小鞠まつりをライブに出演させるのかということまで考えているはずだ。だからきっと、何かアイデアをくれると、私は信じていた。

「ボクは、ライブはビビパレで固めてしまった方が良いと考えている」

だから彼の返事を聞いた時、頭が真っ白になった。

「ライブの利益を最大化するならば、より多くのファンを集められるアイドルを出演させた方が良い。

確かに小鞠まつりの歌声は魅力的だけど、ライブはコンクールじゃない。ビジネスなんだ」

「……ファンの数なら、小鞠まつりだって、今すごい勢いで増えてるよ」

「残念だけど桁が違う。これから百万人増えたとしても、ビビパレのトップアイドルには及ばない」

「そんなの、わかんないじゃん。これから増えるかも」

「ボクは再来月のゴールデンウィークを狙ってライブを実現する」

待って、待ってよ。なんでそんな目で見るの？

おかしいじゃんか。私達のライブなのに、ビビパレだけでやるなんて。

「佐藤さん、これはビジネスなんだ」

私が必死に言葉を探していると、彼は諭すような口調で言った。

「ボク達が動かすお金は、一億円かそこらの小銭なんかじゃない。感情論は通らないよ」

一億円というのは、最初のイベントで私達が得た利益の額だ。

それを、まるで子供の遊びみたいに……！

「……ケンちゃん、何があったの？」

「何って？」

「前までのケンちゃんなら今みたいなこと絶対に言わなかった。おかしいよ！」

私は真剣な気持ちで言った。

彼は、表情ひとつ変えなかった。

「佐藤さん、ボクは君を尊敬している」

「……何の話？」

「洙田《なめだ》さんのことを覚えてるかな？　半年くらい前に一度だけ来た受講生だ」

「もちろん、覚えてるよ」

「ボクは彼を切り捨てようとした。理由、説明したっけ？」

「……未経験だったからでしょ」

「うん、その通り。彼は願いを口にするばかりで全く行動していない。相手にするだけ時間の無駄だと思った。だけど君の言葉が彼を変えた。たった数時間の会話で、間違いなく彼の人生を良い方向に変えたんだ。ボクは本当に感動したよ。そういう方向を目指すのも有りなんじゃないかって思った」

　言葉の意図が分からない。

　褒められているはずなのに、どうしてか悪い予感が止まらない。

「今思えば、あれは間違いだった」

「……何、言ってるの？」

「彼のような人をどれだけ救ったとしても世界は変わらない」

「だから、何言ってるの？」

「君の能力を正しく使えば、必ず世界を変えられる」

　彼が何を言っているのか分からない。聞きたくない。今直ぐに耳を塞ぎたい。

「君は僅か五年でＲａＷｉの全システムを自動化した。たった一週間で歴史的な研究を完成に導いた。それほどの能力を、くだらない人間のために浪費させた。ボクは過去の自分が恥ずかしいよ」

黙れ。こんなこと言う人、知らない。こんなのケンちゃんじゃない。

「さて、小鞠まつりをライブに出したいという相談だよね」

彼は何事も無かったかのように言う。

「とても難しいけど、アイデアはあるよ」

見慣れた笑顔。幼い頃の面影が残るその表情が、今は心の底から気持ち悪い。

「……うるさい」

「ん、何か言った？」

「お前の助けなんかいらない」

私は彼を拒絶した。

「小鞠まつりは私がライブに出す。私が最高のアイドルにする」

「できるのかい？」

「うるさい！　知らない！　どっか行け！」

「佐藤さん、分かってると思うけど、それを決める会議は明日だ」

「どっか行けって言ってんだろ！」

私は彼を睨《にら》み付け叫んだ。

しかし彼は慌てるでも怒るでもなく、仕方ないという風に肩を竦《すく》めて言った。

「分かった。忘れ物を取ったら直ぐに戻るよ」

彼はいつもの机からクリアファイルをひとつ取る。そして何も言わず事務所を出た。

「…………」

私は一人になった後、拳を握り締めた。

ムシャクシャした気持ちを叫んで吐き出したい。でも、ここで叫べばあいつに聞こえる。

本当に悔しいけど、全然納得できないけど、感情的になったところで私の欲しい物は手に入らない。

「あいつマジで絶対に泣かす」

だから、憤るのは今の言葉を最後にする。

「とりあえず、今は、えっと、どうしよう」

期限は明日。

私には、ケンちゃんがどんなプレゼンをするのかも、リバテクの人達が何をするのかも分からない。

それでも、小鞠まつりをライブに出すためには、皆を納得させる理論を用意しなければならない。

「そんなの、どうすれば……」

何も思い付かない。頭が真っ白だった。

「どうしよう。どうしよう。どうしよう」

あのクソ生意気な幼馴染は、いつもこんな重圧と闘っていたのだろうか。

いつも、こんなにも意味不明な状況を解決するために頭を働かせていたのだろうか。

プログラマ塾、大規模イベント、そして直近の握手会。

私がゼロから考えてコントロールしたものは何も無い。

今、初めてその責任を感じている。

学生時代なら、やりたいと言えば大人がお膳立てしてくれた。

だけど今は違う。孤独だ。自分だけで何もかも考えなきゃいけない。

しかも周りを納得させる必要がある。

私のアイデアひとつで、数億円のお金を動かせると思わせなければ、意見なんて通らない。

「……落ち着け、落ち着け、落ち着け」

私はソファに座り、両手を握り締めた。

その手がガタガタと震える。止まれと念じても言うことを聞かない。

「大丈夫、まだ何も決まってない」

小鞠まつりがライブに出られないというのは、あいつの予想でしかない。

違う。こんなのは逃げだ。彼の予想通りになる可能性は高い。無策で挑めば絶対に後悔する。

アイデアを出す以外の選択肢は無い。

だって、もしも彼の予想通りになれば、私はスタートラインに立つこともできない。

そんなの絶対に嫌だ。なのにどうして、何も思い付かないの?

「とりあえず、仕事。仕事しないと」

時刻はまだお昼過ぎ。

今日の予定を確認すると、これから四人の受講生がやってくることが分かった。

「……時間、無いのに」

呟いて、ハッとした。

受講生は、お金を払って私の指導を受けに来ている。雑な仕事なんてできない。

パンッ、と頬を叩いた。

数年前から続けている気持ちを切り替えるためのルーティン。

習慣とは恐ろしいもので、あれだけ混乱していた頭が少しだけ穏やかになった。

それから私は、ほとんど無心で受講生の相手をした。

＊　＊　＊

午後七時。

今日最後の受講生を見送った私は、脱力してソファに座った。

それから虚空を見つめて呆然《ぼうぜん》とする。時間が無いのに、何も思い付かない。

「よう、人たらし、ご機嫌だな」

どれくらい無駄な時間を過ごしただろう。

いつの間にか事務所に居たリョウが、いつものようにそっけない態度で私に言った。

「……何しに来たの」

無意識に突き放すような言葉が出た。

しかし彼は全く気にしていない様子で対面のソファに座った。

「たまたま近くを通ったから顔を出しただけだ。んで不審者を見つけたから声かけた」

「……誰が不審者だ」

「何があった？」

彼は鬱陶しそうな目をして言った。

私のことを心配している気配なんて全く無い。そのナイスなツンデレ具合が今はありがたい。

「……小鞠まつりをライブに出すには、どうすれば良いのかなって」

「なるほどな」

リョウは何か察した様子で頷いた。

「その問題に気付いたってコタァ、ケンタさんから聞いたんだろ」

「なんでっ」

「睨むなよ。簡単な推理だろ」

彼の指摘を受け、私はハッとして俯いた。睨むつもりなんて無かった。

とても感情的になっている。難しいことを考えなきゃダメなのに、怒ってる場合じゃない。

「……リョウも、難しいと思う？」

「そりゃ難しいだろうな」

テーブルの下でギュッと拳を握る。

嘘《うそ》でも良いから励まして欲しかった。

「ただ、不可能じゃねぇ」

「……え？」

思わず顔を上げた。

彼は相変わらず鬱陶しそうな目で私を見て言う。

「ケンタさんだって、無理とは一言も言ってねぇはずだ」

私は思い出す。今は彼の名前を聞くだけでも腹が立つけれど、確かに、無理とは言ってない。

「……どうすれば良いと思う？」

私は縋《すが》るような気持ちで問いかけた。

「まつりを使うメリットを示せりゃ良い」

「……だから、そんなの、どうやれば」

「バカかテメェ。魅力のひとつも伝えられねぇ奴を推薦しようとしてんのか？」

リョウらしい厳しい言葉。

普段なら軽く流せるトゲが、今は深く胸に刺さった。

「……私が好きってだけじゃ誰も納得してくれない」

「うるせぇよ。弱音吐く場面じゃねぇだろ。納得させる方法だけ考えろ」

リョウは鋭く目を細めて言った。

私は彼の迫力に気圧《けお》されて口ごもる。

「思考を変えろ。上司にやりたくもねぇ仕事押し付けられてるワケじゃねぇんだ。テメェのワガママを通すために必要なことだけ考えやがれ」

本当に、言葉が厳しい。もう少し心に余裕が無かったらヒステリックに叫んでいたかもしれない。

だけどギリギリ受け入れられた。

リョウの言う通りだ。

バーチャルアイドルの人気を比較した時、圧倒的にビビパレの方が強い。

それでも小鞠まつりに出番を与えたいのは私のワガママ。誰かに頼まれたわけじゃない。

私のために、私がやると決めたことだ。

「目ェ覚めたみてぇだな。人たらし」

「……うるさい。誰が人たらしだ」

私が言い返すと、リョウは一瞬だけ満足そうな笑みを見せた。

「助言は必要か？」

「いらない。自分で考える」

「ハッ、後で後悔すんなよ？」

リョウは挑発的な表情をして、ソファから立ち上がる。

「帰るわ。寝坊だけはすんなよ」

「するわけないじゃん」

その後、一人になった私はノートパソコンを開いた。

今度こそ一秒だって無駄にできない。

小鞠まつりをライブに出すことだけ考える。

無理なんかじゃない。方法は絶対にある。

あのクソ生意気な幼馴染に思い付いて、私に思い付かないわけがない。

「ライブの目的……小鞠まつりを出演させることのメリット」

ぶつぶつと思考を声に出しながら、インターネットで思い当たる情報について調査する。

「このままだとライブにはビビパレが出る。なんで。ファンが多いから。なんでファンが多いの」

邪念が消える。

キーボードを叩く音も聞こえなくなる。

「こっちだってファンは増えてる。急速に。なんで。バズったから。そうだよ。足りないのは知名度。同じ条件で歌ったら、小鞠まつりが負けるわけない」

断片的なアイデアが点となる。

近くにあった情報と繋がって線になる。

無数の線が生まれ奇妙な図形が描かれる。

思考が加速する。言語化する速度を追い越しても止まらない。

「絶対、負けない」

私は決意だけを言葉にして思考を続けた。

時間はあっという間に過ぎ去り、決戦の時を迎えることになった。

＊　＊　＊

いっけな〜い！　遅刻遅刻ぅ〜！

私ッ、佐藤愛かつては十七歳！

今ちょっとフラグを回収しそうになってるの！

「やばいっ、ほんとに、やば、ばばばい！」

寝不足の身体《からだ》に鞭《むち》を打つような全力疾走。

少女マンガのように自己紹介をしている余裕なんて無い。パンをくわえるなんてもっと無理。

私は痛感した。あれはファンタジーである。

見せてやる。これが、本当に遅刻しかけている人間の姿だ！

「いっげぁ、ゴホッ、ヂゴバッ、ゼェ……遅刻ぅ〜！」

喋れない！　酸素が足りない！

完全にやらかした。めぐみんアラームを無視して二度寝してしまった。

おのれ、おのれぇ！　リョウが「寝坊だけはすんなよ」とか言ってフラグを立てるからだ！

「も……ちょい……っ！」

目的地であるタワマンは見えている。

あと一息。あの曲がり角の先に、ゴールがある！

「きゃっ」

「おっと」

あぁもぅ何ぃ？　こんな定番あるぅ？

「すみません。ちょっと急いで、て……」

はわわわわわ。つ、つば、つばさしゃま……。

「大丈夫、まだ少し余裕あるよ」

「……ひゃぃ」

彼は倒れかけた私の背を支えた姿勢で言った。つまり、顔が近い。

「立てる?」

私は小さく首を縦に振った。

彼は微笑を浮かべ、私を地面に立たせる。

「行こうか」

そしてクールに背中を向けようとして、ふと立ち止まり私に手を伸ばす。

「にゃ、なに⁉」

「いいから、じっとして」

私は推しに見つめられた限界オタクのように硬直する。

このシチュエーション、少女マンガで見たことある。まさか、まさかキス――

「コスプレ、はみ出てるよ」

う、わ――

「走ってきたので!」

慌てて背中を向け、乱れた服装を直す。

「急ぎましょう！」

そして彼の前に立ち、背中に生暖かい視線を感じながら、つかつかと歩いた。

私は、今後は必ず時間に余裕を持った生き方をしようと胸に誓った。

昨日と同じ会議室。

私が入室した時には、川辺さんとケンちゃん以外が揃《そろ》っていた。

昨日と同じ席が空いていたので、そこに座ってふぅと息を吐く。

なんとか間に合った。安堵《あんど》して顔を上げると、なんだか視線を集めていることに気が付いた。

「……めぐみん、私、何かしたかな？」

ちょこんと座っていた天使に問いかける。

彼女は不思議そうに小首を傾《かし》げた。分からないみたいだ。

「私、何かおかしいですか？」

思い切ってリバテクの方々に質問してみた。

「……その服装は、どういう意図があるのでしょうか」

恐る恐るという様子で返事をしたのは眼鏡が似合う海野さん。

「戦闘服です」

私が真面目に答えると、彼の隣に座っている女性が「もう限界」と言って大笑いした。

「中野さん、失礼ですよ」

「だって、あれは、ズルいでしょ……」

私は少しムッとした。小鞠まつりのライブ衣装のコスプレをしているだけで、笑う要素なんてない。

あの女、中野さん？　昨日何度か質問してた人だよね。名前覚えたわよ。覚えてろよ。

「佐藤さん、で、よろしいですか？」

「はい、佐藤です」

海野さんはズレた眼鏡をクイッとして、軽く呼吸を整えてから私に言った。

「普段から、そのような格好を？」

「この服は今日が初めてです。基本、日替わりです」

「……そうですか」

彼は疲れた様子で返事をして、それ以上は何も言ってこなかった。

その代わり、他の方々から「あの噂《うわさ》マジだったのか」等の声が聞こえた。どこで噂になってるの？

「ごめーん！　さっきそこで健太と会って遅くなっちった！」

私が疑問に思った直後、双方のリーダーが現れた。

「そーれーでーは、早速始めよっか。清正くん、健太がプロジェクターに繋ぐの手伝ってあげて」

川辺さんは元気に挨拶をしながら、私達の後ろを通って自分の席へ向かった。

その背中を追いかけるようにして、ここ数日で私からの好感度が急降下している誰かさんが通る。

私は一瞬だけ彼を見た後、意識的に目を逸《そ》らした。

彼が後ろを通る。それだけで背中にぞわりとした不快感を覚えた。

しかし彼は全く気にした様子を見せず、海野さんの手を借りて淡々とプレゼンの準備をした。

「それでは皆さん、本日もよろしくお願いします」

スクリーンにデスクトップ画面が映った後、彼は普段通りの笑みを浮かべて言った。


彼のプレゼンは、市場規模が云々《うんぬん》という話から始まった。

それは従来のライブ事業に関する一般的な内容で、私が理解できる程に優しい説明だった。

多分、この場に出席した全員がライブ事業について共通認識を持ったと思う。

彼は一通りの説明を終えると、間髪を入れず本題に入った。

「我々がアプローチできる市場は六つです」

簡潔な言葉と共にシンプルな目次が提示される。

そして始まった説明は、まるで魔法だった。

私も資料を用意したからこそ分かる。自分が恥ずかしく思える程に、このプレゼンは質が高い。

例えば「市場」の説明には、聞き慣れない表現や専門用語が多く登場する。でも不思議な程にスッと頭に入る。その理由は、恐らく彼がふたつの工夫を取り入れているからだ。

ひとつは、別々の市場について、共通のフォーマットを使って説明すること。

もうひとつは、分かりやすい市場から先に説明すること。

悪い見方をすれば、同じような説明が六回も繰り返される冗長なプレゼンだ。しかし聞き手の表情に退屈そうな雰囲気は全く無い。それどころか、聞き手の「慣れ」を利用して、複雑な説明をすんなりと理解させるような構成になっている。

質が高いのは資料だけじゃない。彼の表情、間の取り方、声のトーンなど、全てが洗練されている。

このプレゼンを聞いているだけで、彼のことは信頼できるという気持ちにさせられる。

……ムカつく。

彼が凄《すご》いことは分かっていた。これまで私が自分の仕事に集中できたのは、彼が「こういう仕事」を完璧に処理していたからだ。

私は少し前に思った。自分自身の夢を見つけるためには、こういうスキルも必要になる。

だけど私の中にはふんわりとしたイメージしかなかった。

だから、ムカつく。

今さら「それ」を理解している自分に腹が立つ。

もっと早く必死になるべきだった。

あと一日でも早く理解していたら、もっと良い資料が用意できた。

……うるさい。黙れ。反省するのは、終わってから！

机の下で拳を握り締める。

今の私が考えるべきことは、ひとつだけ。

如何《いか》にして推しの魅力を伝えるのか。

それ以外は全てノイズだ。忘れろ。集中しろ。

「以上でボクのプレゼンを終わります。何か質問はありますか？」

いつの間にか彼のプレゼンが終わっていた。

「ブラボー！」

川辺さんが目の覚めるような大声で言った。

「どうよ清正くん。あれが俺のマブダチってわけよ」

「……そうですね。正直、驚きました」

リバテクの方々がケン……鈴木さんを称賛している。

ふと隣を見ると、めぐみんも感心した様子でパチパチと拍手をしていた。

「さーてーと？　こっからライブの話をするで良いのかな？」

「ええ、まずは皆様の意見を聞かせて頂ければ」

「まーたまたー、どうせ健太の中では結論出ちゃってるんでしょ？」

鈴木さんは微笑を浮かべて肩を竦めた。

川辺さんは何秒か彼の目をじっと見た後、パンと手を叩いて言う。

「おーけー！　じゃあ俺から喋ろうかな」

川辺さんに視線が集まった。

リバテクの方々の反応を見るに、事前の打ち合わせなどは行われていなさそうだ。

「まずはライブ出演者について！　ここが決まらないと次も決まらないっしょ！」

っ、いきなり来た。

私は息を止め、はやる気持ちをグッと抑える。

「健太、ライブの時期は決めてるんだっけ?」

「次のゴールデンウィーク」

「マジ? えっと、何人出す予定?」

「八人から二十人で考えてる」

「じゃあ二十人出そう! ビビパレから過去三ヵ月の売り上げが多い順に声をかける。これでどう?」

「うん。他に意見が無ければ、それがベストだね」

鈴木さんは自然な返事をすると、会議室全体を見渡すようにして目を動かした。

一瞬、目が合った。ううん、違う。明らかに私のことを見た。

ほら、ここしか無いぞと、そう言われたような気がした。

うるさい。分かってる。

この会議の目的は、仲良くイベントの詳細を決めることじゃない。

双方のリーダーである鈴木さんと川辺さんは、笑顔の裏で自社の利益を最大化することを考えてる。

川辺さんは、出演者をビビパレで固めるために今の発言をしたんだ。

ここで私が何も言わなければ、小鞠まつりの出番は永遠に失われる。

分かってる。鈴木さんの手助けなんて必要ない。これは、私が自分でやると決めたことだ!

「あのっ!」

一気に視線が集まった。

大半は興味本位の視線だけど、ふたつだけ全く毛色が違う。出所は、川辺さんと海野さんだ。

この感覚が、ビジネスマンが日常的に感じているプレッシャーなのだろうか。

……なんだ、こんなものか。

私は自分に言い聞かせた。

……こんなの、大したことない。

五年間、ずっと命懸けで開発していた。

特に入社直後は、入院する人が続出するような環境で、いつも先輩達の怒鳴り声を聞いていた。

行動しなければ全て失う。そういう感覚は初めてじゃない。

だから、こんなの大したことない！

「提案があります！」

私は胸を張って言った。

緊張が消えたわけじゃない。些細《ささい》なきっかけで頭が真っ白になりそうだ。

でも、やることは変わらない。

私は推しの魅力を伝える。今から考えるのは、その一点だけ！

「鈴木さん、そこ退《ど》いて」

私は席を立って、ＵＳＢメモリを片手に言った。

「何か資料を用意したのかな？」

彼は不思議そうな態度で言った。

でも私には分かる。彼は全く驚いていない。むしろ「やってみろ」と思ってる。

ムカつく。ほんと生意気。泣き虫ケンタのくせに。

「ここに、ライブを最高に盛り上げるプランがあります」

「へぇ、それは楽しみだね」

彼はわざとらしい態度で言った。

「なになぁに？　何が始まるの？」

私は川辺さんの大袈裟《おおげさ》な反応を聞きながら、トンと足音を鳴らして前に出る。

それからパソコンにＵＳＢメモリを挿し込み、用意した資料をダブルクリックした。

深呼吸ひとつ。顔を上げる。

「こんにちは」

そして私は、スクリーンの前に立って挨拶をした。

「オタク担当の佐藤愛です」

中野さんがクスッと笑った。川辺さんは笑顔だけど目が笑ってない。海野さんは真顔。クリエイターの方々は好意的な表情をしているように思える。

「この中で最も消費者心理に詳しい私が提案するのは……」

パソコンを操作してスライドをめくる。

私はスクリーンの映像が切り替わったことを目視で確認して、タイトルを読み上げた。

「小鞠まつりと晴海トトの師弟コラボ企画！」

中野さんが声を上げて笑った。多分、ラノベの表紙みたいなスライドがウケたのだろう。

心強い。別に笑いを取りたいわけじゃないけれど、無言よりも断然やりやすい。

「皆さんは、小鞠まつりについて、どれくらい知ってますか？」

「歌ガチ勢！」

「楓ちゃん、一日聞こうか」

中野さんが学生みたいなノリを見せると、川辺さんが苦笑まじりに言った。

しかし彼女は唇を尖《とが》らせて言い返す。

「えー、これってお堅い感じの話じゃなくない？」

川辺さんは困ったような顔で私を見た。

私は、なんだか親子みたいな二人だなと思いながら、微笑ましい気持ちで言う。

「自由に喋ってくれて大丈夫ですよ」

中野さんは「ほら見ろ」という顔で川辺さんを見た。

正直、ちょっと困る。場の空気が緩くなってしまった。これから真面目な話をする雰囲気ではない。

まさか、わざと？　中野さんから悪意は感じないけれど、妨害という可能性はゼロじゃない。

……違う。妨害したのは、川辺さんの方だ。

彼が中野さんのコメントを無視すれば、私のプレゼンが止まることは無かった。

こんなのは被害妄想かもしれない。だけど、今がそういう場だということは理解している。

……だったら、私も利用してやる。

私は中野さんを見た。

彼女が何者なのか知らないけれど、川辺さんとの会話から察するに、そこそこ発言力がある。しかも川辺さんと違って邪気が無い。演技かもしれないけれど、私の話を純粋に聞いてくれているっぽい。

決めた。私は彼女に賭ける。このプレゼンは、彼女を納得させることだけを考える。

「中野さん、小鞠まつりの配信とか見たの？」

彼女は一瞬だけ目を丸くした。

しかし直ぐに楽しそうな笑みを浮かべて言った。

「見たよ。歌うま過ぎてビックリしちゃった」

「そう！　それ！　最大の特徴は歌唱力！」

この判断、合ってる？

怖い。どんどん不安が強くなる。だけど今さら後戻りはできない。このまま突き進むしかない！

「だけど、小鞠まつりの魅力は歌だけじゃありません！」

私は声を張り、スライドをめくる。

「彼女は週一でライブを開催しています！　その数なんと二百回以上！　場数が違います！」

昨夜、私は小鞠まつりをライブに出す理由を必死に考えた。

魅力を伝えるだけじゃ足りない。彼女をライブに出すべきだと思わせる必要がある。

「仮想チャットを利用したライブでは、最後に握手会が行われます。ここでは毎回ファンが熱い想《おも》いを叫びます。それは、彼女がファンを大切にしているからです」

私は次々とスライドをめくりながら推しの布教活動を続ける。

「現在、小鞠まつりはバズっています。このスライドが示す通り、握手会をきっかけに、ファンの数や動画の再生数、ＳＮＳにおけるフォロワー数が指数関数的に伸びています」

大きく息を吸う。

「これは、小鞠まつりだからです！」

胸に手を当てて、推しの魅力を叫ぶ。

「握手会以降、一万回以上拡散された投稿を集めました。まだ一週間も経過していないのに、十件以上の投稿があります。スライドには一部ピックアップした投稿を載せていますが、全て、既存のファンによる投稿でした」

オタクは「隙あらば推し語り」という性質を持っている。

もしも長年の推しにスポットライトが当たったらどうなる？　当然、早口で語り始める。

「小鞠まつりは既存のコミュニティを持っています。だからバズったんです。仮に無名の新人が握手会を開催していたら、一部の技術オタクが取り上げるだけで、大して話題にならなかったはずです」

もちろん、良いところばかり喋るようなことはしない。

「しかしオタクは熱しやすく冷めやすい性質を持っています。爆発的な人気を得た作品の続編が大コケするなんて日常茶飯事です。次の燃料が必要です。時間をかける程、熱が冷めてしまいます」

ここまでは前振り。

「だからこそ、今、小鞠まつりと晴海トトの師弟コラボ企画を提案します！」

そして、ここからが本題。

「皆さん知っての通り、晴海トトはバーチャル界隈《かいわい》で最強の存在です。しかし弱点があります」

「えー、なに？　弱点とかあるかな？」

中野さんが再び口を挟んだ。

私は間髪を入れずに答える。

「歌が下手！」

「ひどい！」

「某検索サイトでも『晴海トト　歌』まで入力すると『ひどい』『下手』などがサジェストされます」

「絶対に許さない！　……でも、確かにダウンロード数とか渋いんだよね」

中野さんは溜息まじりに言った。

ひょっとしたら晴海トトのプロデューサー的な存在なのだろうか？

「しかし、晴海トトの歌下手はファンの間で愛されています」

私は彼女の歌唱力をネタにしたファンアートを集めたスライドを表示した。

それから中野さんに語りかける。

「今、小鞠まつりはバズっています。これによって過去の動画が注目され、その歌唱力が話題になっています。この状況下でライブを発表したら、どうなると思いますか？」

「そこそこ話題になりそう」

良くも悪くも正直な返事だった。

確かにSNSではバズっている。しかし、あくまでSNSの中だけの話だ。仮に世界を学校サイズに圧縮したら、たった一人の生徒がスマホで見ている程度の盛り上がりでしかない。

「晴海トトが弟子入りして、同じライブに出ると発表したらどうなりますか？」

「……それやばい。トトのファン全員見に来るじゃん」

「他のビビパレメンバーも便乗して、歌へた勢と歌うま勢で師弟関係になってライブに出たら？」

「……やっばぁ」

中野さんは語彙力を失った。感動したという意味だ。

私は心の中で拳を握り締め、他の方々の反応を見る。

クリエイターの方々は笑顔だった。隣の人と何かアイコンタクトをしている。

海野さんは熟考するようにして腕を組み、目を閉じている。

そして、川辺さんは──

「んー、今いちピンと来ないな」

と、否定的な感想を述べた。

「着眼点は面白いと思ったよ。だーけーど、既存のコミュニティがあるからバズるって話をするなら、普通にビビパレ使う方が良くない？」

私は口の中が乾くのを感じた。

違う。全然そんなこと無い。小鞠まつりを使うべき理由を説明した。

伝わらなかった？　もう一回、同じことを言うべき？　……どうしよう。急に頭が真っ白だ。

「ライブの課題が良く考えられている」

数秒だけ無言の時間が続いた後、声を出したのは翼だった。

彼はお仕事モードで、だけど多分「外向き」の柔らかい表情を浮かべて言った。

「現実問題、触覚技術に対する期待は小鞠まつりに集まっている。この状況でビビパレの単独ライブを発表すれば、少なからず反感を抱く者が出てくるはずだ」

「確かに、そのリスクはあります。しかし、売り上げに及ぼす影響を考えると、誤差では？」

海野さんが指摘した。翼は直ぐに返事をする。

「我々が相手にする顧客は、繊細で拘《こだわ》りの強い人が多い。爆破予告などあればライブが中止になる」

「流石に飛躍しているのでは？」

「可能性はゼロじゃない。また、小鞠まつりとビビパレの客層は異なっている。無駄なリスクを抱えるよりも、双方の客を取り込む方が良いはずだ。そうは思いませんか？」

翼が言うと、海野さんは考え込むようにして顔を伏せた。

「ライブ実施の発表から本番までの間に何するんだってコトも重要ですよね」

その言葉を発したのはリョウである。

なんだか懐かしい。二人で営業に行った時を思い出す綺麗《きれい》な口調だった。

「佐藤が説明した通り、バーチャルアイドルのファンには熱しやすく冷めやすい性質があります。本番まで話題性を維持する方法を考えた時、彼女の提案は非常に有効です」

「どういうことでしょうか？」

再び海野さんが質問をした。

リョウは普段の仏頂面からは考えられないような笑みを浮かべて言う。

「二点あります。ひとつはコラボ配信。小鞠まつりが晴海トトに歌を教える場面は、それ自体がファンを楽しませるコンテンツになるはずです。もうひとつはライブ参加者の発表時期。例えば週一くらいのペースで新規参加者を発表すれば、その度に話題を作れます」

「……なるほど」

海野さんは納得した様子で呟いた。

「他の方はどうですか？」

翼が場を繋ぐ形で言う。

「彼女以上のアイデアがあれば、是非」

私は胸が熱くなった。理由はフォローして貰ったことだけじゃない。今の言葉、本当に上手《うま》い。

何も考えなければ、ただ相手に同意を求めているだけ。でも違う。否定するなら今以上のアイデアを出せと圧力をかけている。私が同じことを言われたら、少し引っかかる部分があっても否定できない。

「こーれーは、一日置いた方が良さそうだね」

最初に声を発したのは、やはり川辺さんだった。

「素晴らしい意見だった。ライブの課題とか、ほんと、素晴らしいね」

意外にも肯定的な言葉だけど、多分これは違う。

「だーけーど、いや、だからこそ、一日置いて意見を出し合うべきじゃないかな？」

とても自然な提案だけど、なんとなく分かる。これは逃げだ。

「ライブ出演者については、今この場で決めた方が良いと思います」

私は強い口調で言った。

「べーつーに、焦ることないんじゃない？」

しかし彼は落ち着いた態度を崩さない。

逃がすもんか。だけど、この場で即決することを強制する根拠が出てこない。

断言できる。ここで結論を先延ばしにされたら、きっと完璧な代案が用意される。

……考えろ。考えろ。何かあるはず。何か、何か、何か——

「きーくん、トトこれやりたい」

その言葉を口にしたのは、中野さんだった。

「面白そうだから」

彼女は川辺さんに笑顔を向けた。

川辺さんは梅干しを食べたような表情をして頭を抱えた。

……何、どういうこと？

私が不思議に思っていると、彼女はハッとした様子で言った。

「あ、そういえば自己紹介してなくね？」

彼女はテーブルに頬杖《ほおづえ》をつき、楽しそうな表情で私を見る。

そして無邪気な態度で自らの正体を明かした。

「晴海トトでーす。よろー」

＊　＊　＊

晴海トト。現在、最もファン人数が多いバーチャルアイドル。

ビビパレードの三期生として登場した彼女は、瞬く間にファンを増やして一位の座を手に入れた。

現在のファン人数は五百万人以上であり、二位とは百万人以上の開きがある。

彼女の影響力は凄《すさ》まじい。有名なのは、特定のお菓子が美味《おい》しいとコメントする度、全国から在庫が消え、本人も入手困難となりファンに抗議する流れだろうか。似たようなことが頻繁に起こるため一部のファンから「言葉ひとつで経済を動かす女」という二つ名を付けられている。その発言力は、会社内でも強かったようで、彼女が「やる」と言っただけで私の意見が通った。

嬉しい。とても嬉しいはずだけど、達成感というよりも脱力感がある。

一気に力が抜けたというか、今日はもう帰って寝たい気分だった。

しかし現実は非情である。まだ午後にもなっていない。

会議の後、私は昨日と同様に事務所へ向かった。

皆に挨拶をして、広いエレベーターに乗って、セキュリティゲートを抜け、外に出る。

「ねぇ、どこ行くの？」

ビルの外へ出た直後、声をかけられた。

私は隣に立った人物を確認する。そして、カエルみたいにジャンプして距離を取った。

「あはは、何その反応。おもしろ」

女子大生みたいな外見の女性。

彼女の名前は中野さん。それとも、晴海トトと呼ぶべきだろうか。

「何か、御用でしょうか？」

「お喋りしましょ」

彼女は現実のアイドルみたいな笑みを浮かべて言った。

あらためてその声を聞くと、どうして気が付かなかったのか不思議なくらいに晴海トトそのものだ。

疲れた身体を癒やして優しく包み込むような声。しかし怒った時は別人のように濁った声を出す。そのギャップが魅力のひとつで、配信中には絶妙なタイミングで「キレ芸」と呼ばれる憤りを披露する。

また、晴海トトにはキラッと光る特徴的な八重歯があるのだが、なんと本人にも同じ物があった。

……やばい、やばい、トトちゃんが目の前に居る気分だよ。

小鞠まつりを最高のアイドルにすると決めた後、私はバーチャルアイドル界隈を調査した。その過程で多くの動画を見た。結論だけ言えば、晴海トトにハートを撃ち抜かれてしまったのである。

「ええっと、名前、なんだっけ？」

「……佐藤、愛です」

「じゃあ、愛って呼ぶね。トトのことは、外では中野か楓って呼んでね」

私はコクコクと首を縦に振った。彼女の一人称はトトだけど、それは良いのだろうか？

「おっとっと、引き止めてごめんね。歩きながらで大丈夫だよ」

「……ぅぃ」

私が移動を始めると、彼女は歩調を合わせて隣を歩いた。

隣というか、今にも肩が触れ合うような距離感である。すっごいドキドキする。

「ねぇねぇ、実は愛がまつりちゃんだったりするのかな？」

やばいよ〜！　距離感が彼女だよ〜！　絶対これ私のこと好きだよ〜！

冗談はさておき、私は内なる獣を必死に抑え付けながら返事をした。

「……別の人、ですよ？」

「そっか、残念。愛だったらすっごく仲良くできそうなのに」

彼女は少し腰を曲げ、鋭い八重歯をキラリと光らせて言った。

二次元と三次元。外見は全く違うのに、その姿が晴海トトとダブって見えてドキドキする。

「それじゃあ、隣の小さい子かな？　それとも、あの場には来てなかった？」

再び質問を受けハッとする。呆《ほう》けている場合ではない。

小鞠まつりの中身はトップシークレット。社外の人間には絶対に話せない。

「今日もスマホからリモートで参加してましたよ。一言も喋らなかったですけど」

「あー、そういう感じか。じゃあコラボはリモートになるのかな？」

「はい、そうなると思います」

「そっかー、残念。同じスタジオでキャッキャしたかったよ」

やばいよ〜！　聞けば聞くほどトトだよ〜！　生スパチャ読み依頼したいよ〜！

私はニヤニヤしないように気を引き締める。

あ、ダメ、無理そう。こういう時は真面目な話をしましょう。

「あの、さっきはありがとうございました」

「んー？　何のこと？」

「会議のことです。コラボ配信、中野さんが居なかったら難しかったかもです」

「全然いいよ。面白そうだったし」

かわいい。私は彼女の笑顔に胸をときめかせながら、ぼんやりと考え事をした。

あの場において「面白そう」で意見を通せるのは絶対に普通じゃない。それを可能にしているのは、恐らく実績だ。今のところかわいい女子大生にしか見えないけれど、仕事に関しては、ナンバーワンに相応《ふさわ》しい一面を持っているのだろう。

「中野さんって、どうしてバーチャルアイドルになったんですか？」

深い意図は無い。なんとなく気になったから質問してみた。

「生きるためかな？」

「……深いですね」

「あはは、全然だよ。むしろ浅いくらい」

彼女は背中で手を組んで、軽く空を見上げた。

「なんか、きーくんが迷惑かけてごめんね」

話の流れを無視した発言。

私は一瞬ぽかんとしてから、とりあえず無難に返事をすることにした。

「いえいえ、全然そんなことないですよ」

「いいよいいよ。あのハゲ性格悪いからさ」

私は苦笑する。何を言えば良いか分からなかった。

「他人の足を引っ張りたがる人、多いよね。そんなことしたって、自分が成長するわけじゃないのに」

「そう、ですね」

「だからトト、まつりちゃんのこと好きだよ。先輩だし、頑張ってるの分かるもん」

……晴海トト。性格まで良いとか最強かよ。

もちろんキャラ作りの一環という可能性はあるけれど、この笑顔になら騙《だま》されても良いと思える。

「でも、世界一はトトだよ。まつりちゃんに歌を教えて貰ったら、もっと二位に差を付けられる」

自信に満ちた言葉。だけど嫌味な感じは全くしない。

それはきっと、彼女自身が発言した通り、自らの成長だけを考えているからだ。

私にはアニメやマンガの知識しか無いけれど、勝負事の世界では、他者を蹴落として上に行く場面が多くあるのだと思う。しかし彼女は違う。正々堂々と頂点に立ち、下の人達をリスペクトしている。

「だから、お礼を言うのはトトの方だよ。コラボ配信、楽しみ。まつりちゃんにもよろしくね」

「はい。伝えておきます」

私が頷くと、彼女は鋭い八重歯が見える笑みを浮かべ、バイバイと手を振りながらビルへ戻った。

その背中を見送った後、私は大きく息を吸い込みながら空を見る。

あちこちに高層ビルがある東京の空は、とても狭い。この高層ビルを建てられるのは、きっと相応の成功を収めた人達だ。東京という狭い土地に日本中の才能が集まって、僅かな枠を奪い合っている。

ほんの少し前まで、私にとってそれは雲の上にある世界だった。

今は違う。そういう人達と競い合わなければ、目標を形にすることができない。

ライブを開催することはできた。小鞠まつりを出演させられることも決まった。だけど、私の力だけで解決した問題はひとつも無い。全部、他の人の助力が有ってこそだった。

それを思うと、ほんの少しだけ、悔しかった。

「……がんばろう」

呟いて、歩き始める。

こうして私は、きっと本当の意味でスタートラインに立ったのだった。

Side　面白くない

カーグリーバー本社ビルの三十四階は、社員食堂となっている。

座席数はおよそ四百。毎日少なくとも千人が利用しており、営業時間中は常に賑《にぎ》わっている。

ガラス窓に沿うようにして造られたカウンター席。

六本木の街並みを一望できるこの場所で、川辺《かわべ》は空になった食器をぼんやりと眺めながら呟《つぶや》いた。

「面白くない」

彼の声は喧騒《けんそう》に掻《か》き消され、他の人には届かない。

それを理解しているからこそ、彼は自分と会話するようにして思考を整理している。

「あいつスピード感やばすぎだろ」

鈴木《すずき》のことである。彼はゴールデンウィークにライブをすると言った。

「おーかーしーくーね？　いくらなんでも早過ぎっしょ」

まだ詳細を詰めているところだが、彼の口振りからして小さな会場を使う可能性は低い。

しかし大きな会場を使うのなら、どれだけ急いでもゴールデンウィークに予約を取れるわけがない。

「あいつ、いつから計画してやがった？」

言葉とは裏腹に、川辺の中では結論が出ている。

少なくとも三ヵ月以上前。要するに、ファミレスで会話する以前から計画していた可能性が高い。

「マジで面白くない」

川辺は空になった皿を箸で叩《たた》いて言った。

現状は何もかも鈴木の描いたシナリオ通りになっている。それが川辺にとっては腹立たしい。

「まーあー、あの音坂《おとさか》が下に付いてるだけあるってことか」

川辺は鈴木を舐《な》めていた。ちょっと脅せば交渉を有利に進められるだろうと思っていた。その結果、見事に言い包《くる》められた。昨日今日と実施した会議でも絶妙にコントロールされてしまっている。

「いっそのこと媚《こ》びるのが正解か？」

川辺は思う。現状は山田恵《やまだめぐみ》の存在を思い出した瞬間に描いた絵から大きく逸《そ》れていない。純粋に利益を追い求めるならば、このまま鈴木に任せた方が良いとさえ思い始めている。川辺が見据えるゴールは目先のライブなんかではなく、最終的に世界一の組織を作ることだからだ。

もちろん感情を優先した場合は違う。とにかく腹が立って仕方がない。

しかし川辺は経営者である。ストレスを感じる程度で利益が手に入るのならば喜んで我慢する。一円にもならない快楽のために「無駄なこと」をするような愚者ではない。

「だーけーど、メリットの方が大きいなら話は別だわな」

川辺は箸を叩きつけるようにして皿の上に置くと、スマホを手に取り、とある人物に電話をかけた。

「もしもーし。水瀬《みなせ》くん、後で会議室に来てくれる？　ちょっとだけ話があるんだよね」

彼の表情には笑みが浮かんでいる。

それは、イタズラを思いついた子供のような、とても無邪気な笑みだった。

第12話 ライブに向けて

ライブが決まった日の翌日、午後八時頃。

私はミニテーブルの前でめぐみんと肩を寄せ合っていた。

二人の耳には片方ずつイヤホンがある。そしてミニテーブルの上にはノートパソコンがある。

「……緊張、するね」

めぐみんが私の二の腕をギュッと握り締めて言った。

私は別の意味でドキドキしながらも、集中して画面を見る。

これから晴海《はれうみ》トトと小鞠《こまり》まつりのコラボ配信が始まる。

最初は小鞠まつりの配信という形だけど、途中で晴海トトが参加する予定だ。

現在は「なうろーでぃんぐ」と記された一枚の画像が表示され、待機状態となっている。

「始まった！」

画面が切り替わった瞬間、めぐみんが嬉《うれ》しそうな声を出した。

マイクの前に立つ小鞠まつりがバストアップで映し出され、彼女の右隣にはコメント欄が有る。

コメントはリアルタイムで更新されている。私は最近、多くの配信を見ているけれど、今日の配信は他の人気アイドルと比較してもコメントの流れが速いと感じた。

ふと視聴者数を見ると、およそ二万人くらい。やはり握手会のこともあり注目されているようだ。

コメントは「初見《しょけん》」という新規ファンっぽいものや「我らの歌姫がついに見つかったか」という既存のファンっぽいものが目立つ。流石《さすが》に全部は読めないけれど、概《おおむ》ね好意的だと思う。

『あー、あー、聞こえる？』

それが彼女の第一声だった。

少し遅れて「聞こえるよー」などのコメントが一斉に流れる。

『なんか今日めっちゃコメント多くない？　……うぇっ!?　二万!?』

彼女は少し濁った声で悲鳴を上げる。それから目と口を大きく開き、硬直した。

これはバーチャルアイドル特有のリアクションである。

人間と違って、バーチャルでは表情筋を使った繊細な顔芸ができない。このため、配信に慣れているアイドルは目と口を大きく動かすことで意図的に表情を作っている。

だけど今の彼女は素で驚いていると思われる。表情は長年の活動で染み付いた癖なのだろう。

『……にぃぃイイまァアン!?』

数秒後、彼女は再び悲鳴を上げた。

視聴者のコメントは、突然の悲鳴に困惑する新規ファンと、彼女が驚いている理由を解説する古株のファンで二分されている。

『ごめん、普段は二千人くらいだから驚いちゃった。解説してくれてる人、ありがとね』

彼女は笑顔を作って言った。これが本当にかわいい。私はアニメ系の絵柄なんて見慣れているのに、そこに生の声が付いただけで、ときめきレベルが急上昇することを最近になって分からされた。

『二万人かぁ……武道館埋まっちゃうね。えへへ』

彼女は本当に幸せそうな声で言った。

実際、嬉しいのだと思う。彼女が正体を明かすと決意してから加速度的にステージが変化している。例えば何年もかけて集めた二十万人のファンは、たった数日で三十万人に増えた。それを祝う間も無くライブが決まり、さらに晴海トトとのコラボ配信が決まったのだ。

『実はリアルライブを企画してます』

彼女は単刀直入に言った。

コメント欄には「え？」とか「マジ？」みたいなリアクションが流れている。

バーチャルアイドルの配信で書き込まれるコメントは、その場で発せられた生の声を文字にしているような物が多い。そのコメントに対して配信者が返事をするから、生の会話をしているかのような錯覚に陥ることがある。ソースは私。

『実は、リアルライブを企画してます』

彼女は視聴者の反応を待った後、再び宣言した。

『正確には、あちきじゃなくて会社の人の企画だけどね。まだ詳細は知らないけど、すっごく楽しみ』

彼女は少し照れたような口調で言った。

コメント欄は大盛り上がり。特に、彼女を祝う古参ファンのコメントが凄《すご》い。

「あ、今コメントにマリアさん居た」

「よく見えるね……」

めぐみんの動体視力やばい。

さておき、小鞠まつりの「前振り」は続く。

『バーチャルなのにリアルでライブとは、って思うかもだけど、期待していいぞ。多分、握手会よりも凄いことになるから。あちきが入った会社のエンジニアさん、めっちゃ凄いからね』

私はシレッとハードルを上げられ軽い胃痛を覚えた。

その後も彼女は視聴者がコメントできるような間を持たせながら話を続ける。

『しかもね？　なんか、おっきい会場借りるみたいだぞ』

『あちきには分かる。これはきっとフラグなんだよ』

『……空席が目立つライブって、悲しいよね』

『普段は仮想世界でライブしてるんだけど、定員を最大百人にしてるんだよね。あちきとしては同じ数でも嬉しいけど、その後ろに倍以上の空席があることを想像したら……まぁ、辛《つら》かった』

『というわけで、助《すけ》っ人《と》を募集することにしたぞ』

『皆《みんな》、これ絶対ビックリするからね。すっごいの。ほんと、すっごいことになっちゃった』

『ちょっと待っててね』

彼女は変な方向を向いて動かなくなった。

恐らくモーションキャプチャをオフにして、現実で中野《なかの》さんとやりとりしているのだろう。

その間、視聴者達《たち》はライブや助っ人について思い思いのコメントを書き込んでいる。

誰だろう？　まつり友達いたっけ？　コラボとか過去に無くね？　バーチャルアイドルかな？

意外と現実のアイドルかもよ。大統領とか来たりして。我々の歌姫が世界に羽ばたく？

という具合に、目で追うだけでも大変な量のコメントが流れており、視聴者の期待感が伝わる。

『お待たせ〜！』

小鞠まつりのアバターが再び動き始めた。

『紹介します』

パチッ、と指を鳴らすような音がした。

彼女の隣に黒い枠が現れ、次の瞬間、とあるバーチャルアイドルの姿が映し出される。

透明感のある青い髪と炎のような紅《あか》い瞳。輪郭に沿った長い横髪が揺れる度、少し尖《とが》った耳がチラリと見える。彼女はたっぷりと焦《じ》らすような間を取った後、特徴的な八重歯を見せながら絶叫した。

『お邪魔しまぁぁぁぁぁぁす！』

瞬間、コメント欄の勢いが爆発的に加速する。

『いきなりテンション高いね』

『うぇぇぇえええええい！』

小鞠まつりが言うと、晴海トトは返事をする代わりに絶叫した。

曰《いわ》く、透明感のある汚い声。中の人を知った後だとまた違った印象がある。

普通に聞いていると「これが素なのかな」と思わされるけれど、実際はファンが喜ぶ行動を意図的に選択しているのだろう。

「中野さん、すごい、叫ぶね」

めぐみんは一途《いちず》なので小鞠まつり以外のバーチャルアイドルに詳しくない。

私はどういう返事をするべきか迷って、とりあえず相槌《あいづち》を打つだけにした。

『というわけで、特別ゲストの晴海トトさんです。皆、もちろん知ってるよね？』

小鞠まつりが問いかけると、少し遅れて「知ってる」という旨のコメントが大量に流れた。

『流石の知名度だね』

『まあね！』

晴海トトは見事などや顔を披露した。

口数は少ないけれど、やはり圧倒的な存在感がある。彼女が登場しただけで一気に空気が変わった。

そしてこれは後に知ったことだけど、晴海トトの登場はＳＮＳで瞬く間に拡散されたようだ。

その結果、彼女のファンが次々と集まり、生配信の視聴者数は最終的に十万人を超えることになる。

『えーっと、どうしようかな。トト、さん？』

『トトで良いよ！』

『じゃあ、トトが助っ人に来てくれることになった理由から説明する？』

『今日の昼に社長から言われた！』

『そんなに急だったの？』

『うん。ぶっちゃけ、最初は断った！』

『それ初めて聞いた。なんで？』

二人の会話については、大筋だけが決められている。

このためセリフは全てアドリブなのだけど、そうとは思えないくらいにテンポが良い。

『……あれ？　トト？　あちきの声、聞こえてる？』

ライブを断った理由を聞かれた後、晴海トトは沈黙した。

しかし、どうやらマイクトラブルの類ではないようで、首から上が忙《せわ》しく動いている。

『トト、顔で返事しないで。あちき友達いないから、言ってくれないと分からないぞ』

『……トトの歌、あんまり評判良くないから』

『……ごめん』

晴海トトは絞り出すような声で言った。

べつに面白いことを言ったわけではないけれど、直前までのテンションとの落差が笑いを誘う。

私とめぐみんはクスッと息を吐き、コメント欄には「草」という笑いを意味する文字が大量に流れた。

『えっと、じゃあ、どうして引き受けてくれたの？』

数秒後、小鞠まつりが問いかけた。

『まつりちゃんだから、だぜ』

晴海トトはパチッとウインクをして言う。

『この配信を見てる人は知ってると思うけど、まつりちゃん、マジで歌が上手《うま》い。だからトトは社長に言いました。まつりちゃんが歌を教えてくれるなら、出ても良いよって』

『何それ初めて聞いた』

『トトも今初めて言った』

彼女はイタズラが成功した子供のように言うと、大きな声で笑った。
それから見ている方まで楽しくなるような笑みを浮かべ、小鞠まつりに向かって言う。
『師匠！　トトに歌を教えてください！』
『あちき人に教えたこと無いよ？　大丈夫？』
『ダメだったらライブに出るのやめます』
『今日からあちきがトトの師匠です。全力で教えるぞ』
こうして視聴者に対する「ネタばらし」が完了した。
ここまでが事前に決めた大筋となり、ここからは完全に二人のアドリブとなる。
『師匠ってさ、ぶっちゃけトトの歌聞いたことある？』
『実は、ある』
『正直に教えて。どういう部分がダメだった』
『ダメなこと前提なんだね』
『……ダウンロード数、伸びてないから』
『そっか……じゃあ、えっと、遠慮なく言うぞ？』
『おなしゃす！』
『トトの声は、すごく綺麗《きれい》だと思う』
『だよね』
『でも声の出し方が酷《ひど》い。聞いてて声帯が可哀《かわい》そうだった』

『声帯が可哀そう』
『もっと正しい声の出し方をしないと、そのうち喉が壊れちゃうぞ』
『それは困る。どうすれば良いですか？』
『とりあえず、リラックスして、あー、って言ってみて』
『あー』
『うん、トトの一番出しやすい声はミの音だね』
『すごっ、師匠、絶対音感あるの？』
『あちきのことは置いといて、次は、ミー、って言ってみよっか』
『ミー』
『もっと楽にして。もう一回』
『ミー、ミー、ミー、って蟬《せみ》か!?　なんだこれ!?』
『トト？　今は真面目な話をしてるよ？』
『……はい』
「なんか、今の見たことある」
めぐみんの声を聞いて、私はハッとした。すっかり見入ってしまっていた。
「さ、さぁ、なんのことかしら」
「ふーん？」
めぐみんの冷めた視線から逃れるようにして、私はコメント欄に目を向ける。

LIVE
-comments-
●うどん　wwwwwwwwww
●うな　草
●aria　www
●メロン・ソーダ　これは草
●pocky　笑
●はなまる＊　かわいいいいい♥♥
●ぱきぱき紳士　セミ？？？
●うさみみん。　草草草
●ぽーんぽこ　ワロタ
●ねっこ　wwwwwwwwwwww

「めぐみん見て！　大盛況だよ！」

「うん。みんな、楽しそう」

小鞠まつりと晴海トトの会話は、即興とは思えないくらい面白い。その感想を抱いたのは私だけではないようで、次から次へと楽しそうな感想やリアクションがコメントされている。

かくして、初のコラボ配信は文句なしの大成功となった。

そして翌朝、私達は晴海トトの影響力を思い知る。

コラボ配信をする前まで三十万人くらいだった小鞠まつりのファン人数は、たった一晩で五十万人を突破した。特に晴海トトが「この曲が好き」と名前を出した動画が多く再生され、これまでは十万程度だった再生数が、同じく一晩で百万を突破した。

しかし勘違いしてはならない。

小鞠まつりのファンが増えたのではなく、晴海トトのファンに知られただけなのである。

大切なのは、ここから。少し興味を持ってくれただけの人達を本当のファンに変える必要がある。

私は歌や配信については素人だから、小鞠まつりに何か助言をすることはできない。

だけどチャンスを作ることはできる。そのことを今夜の配信で強く感じた。

だから、ライブの詳細が決まり、あまりにも無茶なスケジュールを知らされた時にも、心に浮かんだのは「絶対にやってやる」という気持ちだけだった。

前例の無い技術。前例の無いライブ。

それを実現するための開発と検証を一ヵ月で終わらせる。

普通の会社に依頼すれば「ふざけてるの？」と言われるようなスケジュールだ。

でもやる。絶対にやる。

同じ条件で歌えば、小鞠まつりは絶対に負けないから。

＊　＊　＊

ライブに向けた開発は、コラボ配信の翌日から始まった。

私の担当はライブシステム。あのドームを舞台に、如何《いか》にして仮想の触覚を使ったライブを実現するのか考えて、それを一ヵ月ちょっとで形にするのが仕事だ。

……ふざけんなよ？

正直、鈴木《すずき》さんからスケジュールを告げられた時には手が出そうになった。聖女さまを自称する私はギリギリ耐えられたけれど、一般的なエンジニアならブチ切れていたと思う。

短納期の罪は殺人より重い。

全ての経営者に理解して頂きたいものです。

「頑張ろうね！」

しかし、私の天使は相変わらず笑顔です。

小鞠まつりのライブを自らの手で作れることが嬉しくて仕方がないのでしょう。

「うん、ガンバロウネ」

私は感情を殺して返事をした。

かくしてリバテクに出社した私とめぐみんは、事前に連絡を受けた会議室へ向かった。

この会議室の名前は、今日からライブシステム開発室となる。

要するに、ここを使って開発するよ、という事である。

メンバーは、私とめぐみん。そして、水瀬《みなせ》という方を加えた三人である。

「他のクリエイターさんは？」

「グッズとかライブ衣装とか作るみたいだよ」

私は適当な場所に荷物を置きながら、めぐみんの質問に答えた。

あの会議に参加していたクリエイターさん達は、３Ｄモデルの制作が専門みたいだ。

「何から、始める？」

適当な椅子に座った後、めぐみんがキラキラした目で言った。

「とりあえず、水瀬さんを待ってから始めよっか」

「……ん」

めぐみんが不満そうな様子で頷《うなず》いた。かわいい。

水瀬さん、どんな人なのかな？

一応、とても優秀ということは聞いている。

鈴木さんからは「触覚技術を盗まれないように」と強い口調で言われた。

多分、会社としては「敵」なのだと思う。だけど、私個人としては仲良くできたら嬉しい。

「すみません、遅くなりました」

噂《うわさ》をすれば何とやら。

会議室の出入口に現れた人物は、爽やかな笑みを浮かべて言った。

「水瀬です。よろしくお願いします」

中性的な顔立ちと中性的な声。中肉中背で黒髪ショート。中野さんに負けず劣らず若々しい雰囲気を持った人で、大学生のインターンだと言われたら信じてしまうかもしれない。

……最初が肝心だよね。

私は席を立ち、フレンドリーに握手を求めた。

「佐藤《さとう》です。良いライブを作りましょうね」

「もちろんです。トト様の晴れ舞台、全身全霊で作り上げます」

「トトのファンなんですか？」

「はい！」

わわっ、元気な返事だ。

正直ちょっと警戒してたけど、良い人そうで嬉しい。

「それにしても、無茶なスケジュールを組まれましたね」

水瀬さんは苦々しい表情で言った。

「……ですね」

私は色々な感情を凝縮して返事をした。本当は色々言いたいけど、初対面の相手に愚痴は避けたい。

「これは、あの佐藤さんが居るから大丈夫って判断なんですかね？」

「……どの佐藤さん？」

「やだな。あなたですよ。ＲａＷｉのシステムを自動化して、神崎央橙《かんざきえいと》に気に入られた佐藤愛《あい》さん」

こういう情報、どこから拡散されるのだろう。

私、知らないところで有名人になってるのかな？　……えへ、えへへ。

「そういえば、気になってたこと聞いてもいいですか？」

「はい、どうぞ」

「社内システムの自動化って、何がそんなに難しいんですか？」

こいつ半笑いで言いやがったぞ。

「もしかして、簡単そうな印象ある？」

「そうですね。だって所詮はデータベースいじる程度でしょう？　会社が持ってるデータを自由に操作できるなんて、当たり前じゃないですか？」

「あー、なるほどね」

え～、無理～、キレそ～！　システム系のエンジニアを怒らせる大会優勝～！

こいつマジふざけるなよ。それが難しいから通信障害とかＡＴＭ障害とか起きるんだが？

まあでも落ち着くのです。悪意は無いと思うのデス。鈴木さんに比べたらそよ風ですわよ。おほほ。

「実際に経験してみないと分からないかもね」

「じゃあ一生分からないですね。だって、そんな非クリエイティブな仕事、絶対やらないですから」

こいつ嫌い！

「さて、あなたが佐藤さんということは、後ろの方が山田恵《やまだめぐみ》さんですね！」

水瀬さんは静かに怒る私の横を通り、めぐみんに握手を求めた。

「あなたの作ったマーム、素晴らしいですね！　水瀬は感動しました！」

マームとは、恵アームのことである。販売する際、大人の都合で名称が「Ｍアーム」となった。

Ｍの由来は公開していない。一部ではメタバースのＭだと噂されているが、残念、答えは恵である。

また、全て英語で表記した場合「ＭＡＲＭ」となるため、水瀬さんのようにマームと呼ぶ人が多い。

「……」

めぐみんは得意そうな表情をして握手に応じた。

「実は水瀬も触覚の研究してたんですよ。でも負けました。完敗です」

水瀬さんは無邪気に言った。めぐみんは嬉しそうな表情で胸を張る。

「本当に、本ッ当に素晴らしいです！」

めぐみんは「よせやい。ほめ過ぎだぜ」という態度を見せた。

「小鞠まつりとかいう雑魚をトト様とのコラボに導くなんて、神の如《ごと》き所業ですよ！」

「は？」

おっとこれは一発レッドですね。退場です。

めぐみん。いいぞ。やっちゃえ。私、見なかったことにするから。

「さて挨拶はこれくらいにして、要件定義を始めましょうか」

その後、私は水瀬さんを睨《にら》み続けるめぐみんを宥《なだ》めながら要件定義をした。

これから開発するライブシステムには、大きく分けてふたつの機能が考えられる。

ひとつは仮想の触覚を使ったライブそのものに関する機能。

もうひとつは、グッズ販売などのライブを助ける機能。

恵アームが活躍するのは前者である。後者は一般的な機能に思えるが、仮想世界で扱うグッズの販売など、私達が目指す「世界初のライブ」に向けた最適化が必要となる。どちらも簡単な開発ではない。

ただし、役割の分担は簡単に決まった。

「……まぁ、そうなりますよね」

私とめぐみんが前者、水瀬さんが後者を担当する。

水瀬さんは嫌そうな顔をしたが、

「トト様のためですから！」

と、自分を納得させていた。

しかしながら、前者の開発に全く関わらないわけではない。

設計図を作る段階において、水瀬さんはガッツリ口を出した。

その指摘は的確で、晴海トトを優遇しようとする点を除けば、とても参考になった。

そして私は話をしている途中で気が付いた。

水瀬さんから悪意のような感情は伝わってこない。口と性格が悪いだけで、良く言えば子供みたいに素直で無邪気な人なのだと分かった。

「佐藤さん頼みますよ？　トト様のライブですからね？　あらゆる事態を想定してくださいね？」

このように、晴海トトに対する思い入れが強く、ちょっと口と性格が悪いだけで、害は無い。

「あらゆる事態ですよ！　あらゆる！　事態を！　想定してくださいね！」

「……わか、分かった。分かったから」

そんなこんなで、開発が始まったのだった。


現代には、大きく分けて二通りの開発方法がある。

ひとつは最初から百点を目指すもの。代表的な開発方法はウォーターフォールと呼ばれている。

ウォーターフォール開発では、始まりから終わりまでのルールや手順を細かく定義する。

利点は大人数の開発に向くこと。大規模な開発では人の入れ替わりが激しいため、役割を明確に定義することが大切となる。

欠点は設計図を作る段階で要求されるスキルが高いこと。実際、大半のプロジェクトで考慮漏れなどが発生してスケジュールが遅延する。特に後半の工程で「重大な欠陥」が発覚した場合には、大きな手戻りが発生する。

もうひとつは、積み重ねるもの。代表的な開発方法はアジャイルと呼ばれている。

アジャイル開発では、小さな機能の開発が繰り返される。

ウォーターフォールとの大きな違いは考慮漏れを許容すること。とにかく形にすることが最優先で、足りない部分は指摘を受けてから作り直すのだ。

利点は速いこと。欠点は、高度なコーディングスキルが要求されること。

例えば、指摘を受ける度にプログラムを作り直した場合、とんでもない時間がかかる。微修正だけで済ませた場合でも、一歩間違えれば世にも恐ろしいダークマターが生成される。

このため、アジャイル開発では如何に高品質なソースコードを用意できるかが重要となる。

私達の開発方法は、アジャイルに近い。

要するに個人の能力に大きく依存した開発となる。

重要なのは、極限まで品質を上げるために試行回数を増やすこと。

私とめぐみんは阿吽《あうん》の呼吸で開発を進めた。何せ共に握手会を乗り越えた仲だ。熟練度が違う。

そして何より、開発を楽にするために用意した例のアレが存在している。

ＭＡＲＭＤＳＴ。通称、エムディスト。

正式名称は、Ｍアームディベロップメントサポートツールである。

因《ちな》みに命名したのはめぐみん。かわいい。

エムディストはライブの後にリリースする予定となっている。

要するに、このライブはエムディストを売るためのプロモーションでもあるのだ。

流石は鈴木さんですわね。実に商魂逞《たくま》しいお方ですこと。

開発開始から早くも三日が経過した。

私とめぐみんは、恵ツールで可視化した実験のログと睨めっこしている。

聞いて驚け。初号機は二日で完成した。

エムディストが基本的な機能をサポートしているから、既存機能を並び替えるパズルゲームみたいな開発で済み、大幅に時間を短縮できたのだ。

「へぇ、面白い。便利ですね！」

水瀬さんもこの通りだった。口と性格が悪い人だけど、良いと思った時は素直に褒めるようだ。

「これは、先日やってた実験の図ですか？　綺麗ですね」

そして、妙に距離感が近い。

水瀬さんは私の隣に立つと、ログをじっと見てから言った。

「なるほど。二千人くらいで落ちちゃったわけですね」

私は驚いた。確かに分かりやすい図が表示されているけれど、理解するのが早過ぎる。

「シンプルにスケールアウトすれば良いのでは？」

水瀬さんは「パソコンを増やして処理を分散しろ」と言った。

「無理」

めぐみんは疲れた声で否定すると、ひとつの図に向かって指を伸ばした。

「あー、輻輳《ふくそう》かぁ」

輻輳とは、いわゆる通信障害であり、大量の通信が発生した時に生じる。

輻輳を解決する一般的な方法は、通信量を減らすか、回線を強化することだ。

私とめぐみんは通信の専門家ではないので、回線については分からない。

パソコンの処理能力を向上させても、通信の総量が変わらなければ効果は薄い。はず。

実験では「たった二千人分の通信」を処理できなかった。本番では十万人以上のユーザーが参加することを想定している。本当にそんなに集まるのかよとも思うが、鈴木さんなら確実にやる。

根本的な処理を見直す必要がある。

手始めに、私とめぐみんは通信量の削減方法を考えていた。

……難しい。

私は心の中で溜息《ためいき》を吐《つ》いた。

システム開発は、ユーザー数が増える程に難しくなる。一人や二人が相手なら動くプログラムでも、百人や二百人を相手にすると動かなくなることがあるのだ。

現在のエムディストは、握手会などの小人数に向けたサービスの開発を想定している。だから数万人のユーザーが集まるライブに対応できなかったというわけだ。悔しい。

「困るなぁ。トト様の初ライブがカクカクとか末代までの恥ですよ。むしろ水瀬が末代になります」

「……うるさい」

めぐみんが舌打ちをした。

まずい。苛立《いらだ》ってる。話題を逸《そ》らそう。

「水瀬さんの方はどう？」

「今さっき終わりました」

私は耳を疑った。いくらなんでも早過ぎる。

「クリエイターの方々に商品の登録方法を教えたり、佐藤さんのシステムと連携してアバターに商品を装備させたりするタスクが残ってますけど、残念ながら水瀬は待ちですね」

めぐみんが再び舌打ちをした。

正直、私もイラッとした。要するに水瀬さんは、お前らが遅くて暇だと言いたいのだ。

「とりあえず、エムディストのコードを見直そうか」

私はめぐみんに「限界まで高速化しよう」と提案した。

「エムディストのコードですか⁉　是非、見させてください！　きっとお役に立てますよ！」

水瀬さんは私とめぐみんの間に入って言った。

私は苦笑する。無邪気な様子で言われると首を縦に振りそうになるけれど、これは明確にダメだ。

「ごめんなさい。企業秘密です」

「ケチなこと言わないでくださいよぉ」

これは演技だろうか。それとも本気で悔しがっているのだろうか。

どちらにせよ、僅かでも「盗まれる」リスクのあることはできない。

「邪魔」

めぐみんが厳しいことを言った。

「すみません、ちょっと話し合いたいので」

私は営業スマイルを浮かべて言った。

水瀬さんは唇を尖らせて、踵《きびす》を返す。

「言ってみただけです」

拗《す》ねた子供みたいな態度だった。

その直後、水瀬さんは何か思い出した様子で振り向いた。

「あらゆる事態を想定してくださいね！　本番は何が起こるか分からないですからね！」

「もちろんです」

私は苦笑まじりに頷いた。

水瀬さんは心配性なのか、不測の事態について何度も念を押してくる。

もちろん気持ちは分かる。私も推しのライブが「考慮漏れ」で失敗するなんて絶対に嫌だ。

当たり前の話をすると、全ての事態を想定することは不可能だ。

もちろん思い付く限りの対処はするけれど、想定外に対応する準備も必要となる。

当日、起こり得る問題を想定できて三流。

問題が発生した場合の対処方法を用意できて二流。

さて佐藤愛よ。貴様は、一体いつになったら一流になれるのだ？　ということである。

……懐かしいなぁ。

オルラビシステムを開発していた頃は、毎日こんな感じのことを考えていた。

あの頃は、とにかく想定外の連続だった。

外側を完璧に対策したと思ったら、先輩たちの技術的負債によって内側から破壊されるとか、本当に色々なことがあった。当時と今の自分を比較したら、腕が落ちているという自覚がある。

……取り戻さないと、だよね。

パンと頬を叩《たた》き、再びログと向き合う。

それからの日々は、あっという間に過ぎ去った。

＊　＊　＊

ライブまで残り五日。開発は、ほぼ完了している。

輻輳については、翼《つばさ》に専門家を紹介され、最新の通信機器に切り替えたらあっさり解決した。

通信機器以外にも、ハードウェアについてはお金の力で良い物が揃《そろ》った。

例えば、三十二台のパソコンによって小型のスパコンが構築されている。

当日のライブでは、事前に想定した「最悪の負荷」の十倍まで耐えられる設計だ。

過剰じゃないよ。バッファだよ。

また、身内を集め、当日を想定した実験を何度も繰り返している。

結果は大好評。開発当初に想定していた機能は全て完璧に実現した。

しかし、人間の欲求には際限が無い。

これができるならあれも！　という具合に、実験をする度に新しいアイデアが生まれた。

このため、開発は完了していない。もちろん現時点でファンを感動させられる自信はあるけれど、上を目指せると分かっている状態で妥協するなんて有り得ない。

特に、めぐみんのモチベーションは高い。最近では帰宅を拒否するようになった程である。

もちろん、それは私が阻止している。

彼女の気持ちは分かるけれど、休むことも重要な仕事のひとつだ。

「めーぐみん、帰るよ」

「もうちょっと」

私は苦笑して、彼女の後ろに立った。

ディスプレイを見る。そこにはエムディストのソースコードが表示されていた。

「絡まってる」

めぐみんが独特な表現をした。これは「無駄が多い気がする」という意味である。

「どれどれ？」

私はソースコードをじっと見た。

……あー、これか。

簡単に言えば、スマメガから受け取った情報を加工して恵アームに渡す処理。

……こういう時は、シンプルに考えるのが一番なんだよね。

究極的な話、プログラムにはインプットとアウトプットしかない。

全てのパターンを想定できれば、それを処理するソースコードを記すだけで良い。

私はスマメガから受け取るデータを想像した。

その瞬間、頭の内側に何かがスーッと流れるような感覚が生まれ、ひとつのイメージが見えた。

「貸して」

めぐみんからキーボードを借りて、頭に浮かんだイメージをプログラムに翻訳する。

これを日本語に翻訳することは難しいけれど、ソースコードとして記述することはできる。

だから、下手な説明をするよりも、実際に書いた方が伝わりやすいと判断した。

「ほい」

身体《からだ》を退《ど》けて、めぐみんにソースコードを見せる。

彼女は私が書いた記述を見ると、しばらくして不思議そうな声を出した。

「……んー？」

あれ？　伝わらない？

「説明して」

「えーっと、どうしようかな」

私はこめかみに人差し指を当てて、どうにか言葉をひねり出す。

「恵アームに渡すアウトプットは、四つの変数だよね。元の処理だと、インプットを色々と加工してるけど、数えたら七十八パターンだったから、この関数でサクッと切り分けてみたよ」

伝わったかな？

我ながら下手な説明だと思いながら、めぐみんの反応を窺《うかが》う。

「それ、今考えたの？」

「そうだよ」

「……気持ち悪い」

「なして!?」

まさかの悪口に愛ちゃんビックリです。

「とりあえず、動かすね」

「それは明日のお楽しみにして、今日は帰りましょう！」

「やだ。ここだけ、終わらせたい」

「ダメです。ここだけスパイラルが始まるに決まってるからです」

ここだけ終わったら帰る！　やっぱりここも！　待って、ここも見たい！　ここで最後だから！

我々エンジニアは、このような「ここだけスパイラル」によって夜を明かす生き物である。

私は心を鬼にして彼女の腕を引っ張った。

「いーやーだー！」

彼女は幼い子供みたいに駄々をこねた。

「休むことも大事だよ！」

私達は、まるで遊園地で帰宅を拒否する子供と説得する親のようなやりとりを繰り広げた。

「恵は、まだ、足りない」

「そんなことない。めぐみん、大活躍だよ」

「違う。愛の方が、すごい」

「そんなことない」

「ある！」

「まつりんを見つけたのはめぐみんだよ。触覚を作ったのもめぐみん。めぐみんが居なかったら、何も始まってないよ」

「……」

めぐみんは明らかに不機嫌な目で私を見た。

「そんな目で見てもダメだからね」

「……交渉、しよう」

「交渉？」

めぐみんは難しい顔をした。

たとえるならそれは、大嫌いな食べ物を無理して食べる時みたいな表情である。

「……コスプレ、するよ」

「分かった。先に帰るね。完徹はダメだよ。程々に切り上げてね」

交渉は成立した。

＊　恵　＊

愛が帰った後、恵は試験用のデータを使って実験をした。

「……完璧」

愛が書いた謎のプログラムは、完璧に動作した。

処理時間を計測すると、元々は二千マイクロ秒だったものが、百マイクロ秒にまで減っていた。

これは非常に大きい。一件の処理なら誤差だけど、積み重なれば大幅な高速化に繋《つな》がる。

「……なんで？」

恵はソースコードを見て首を傾けた。

正直、意味不明。七十八という数字がどこから登場したのかさっぱり分からない。

「そうだ」

ふと思い付いて、機械学習用のエディタを立ち上げた。

教師なし学習をする。実験用のデータを最新の人工知能に学習させて、分類させる。

「……二分」

プログラムを実行した後、計算に必要な時間は二分と表示された。

遅いと感じる。だって愛は、ほんの数秒で分類した。

「……三十六通り」

人工知能は、与えたデータを三十六通りに分類できると判断したようだ。

恵は全てのデータを図にプロットして、分類結果毎《ごと》に色を付けた。

図を見ると、良い感じに色が分かれている。だけど、これだけ見ても何も分からない。

重要なのは、次の作業。

恵は愛が定義した分類結果に従って、先程と同じことをした。それを直前の図と重ねてみる。

「……んー？」

色が多過ぎて意味が分からない。

恵は少し考えた後、一色ずつ表示することにした。

まずは人工知能の分類結果を表示して、次に愛の分類結果を表示する。

そして一通り確認した後、思わず呟《つぶや》いた。

「……気持ち悪い」

愛の分類結果は、ほぼ人工知能の分類結果と一致していた。

むしろ、愛の方が細かく、正確に分類している。

有り得ない。こんなの人間業じゃない。

触覚の研究を終わらせた時にも感じた。愛の処理能力は、おかしい。

しかも、何らかの開発を行う度に進化しているような気がする。

「……むしろ、戻ってる？」

愛はあまり自分のことを話さない。

ただ、鈴木さんの会社に入る前、オルラビシステムを作っていたことだけは教えてくれた。

それはＲａＷｉ株式会社という大企業の社内システムを全て自動化したらしい。

恵には分かる。愛の全盛期は、きっとオルラビシステムを開発していた時。

だから、勘を取り戻しているという表現がしっくり来る。

「……全部、愛のおかげ」

愛はすごい。恵にできないこと、恵がやりたいことを、次々と形にしている。

まつりちゃんをスカウトしてくれた。ライブを実現してくれた。まつりちゃんを出演させてくれた。

ライブに向けた開発だって、難しい処理は愛がやってくれている。

「……足りない」

恵の貢献度は低い。

「……全然、足りない！」

神様になって迎えに行く。あの日、恵は誓った。

だから、こんなの納得できない。恵は、もっと、できる！

「んっ！」

愛の真似《まね》をして、自分の頬を叩いてみた。

効果は分からない。ちょっぴり、目が覚めた？

分からない。でも、なんとなく、気合いが入ったように感じる。

それから恵は開発に集中した。

結局、家には帰らなかった。

＊　愛　＊

『ラブちゃんって、何者なのかな？』

めぐみんからコスプレの言質を取った後、私は仮想世界でまつりんと会話していた。

「哲学的な質問だね」

『そういうことじゃなくて、ほんと、いろいろ、凄過ぎて……あちきの夢、全部、叶《かな》っちゃうかも』

まつりんは嬉しそうな声で言った。

こんな風に言われると、私も超プロとして鼻が高い。

だけど、今回の結果は私一人の力で生み出したものではない。

仮想の触覚が生まれたのは、めぐみんが必死に研究をしていたから。

ライブが実現して、まつりんの出演が決まったのは、翼やリョウがフォローしてくれたから。

コラボ配信が好評なのは、まつりんと晴海トトの実力。

ライブに関連した話題が連日バズっているのは、鈴木さんと川辺《かわべ》さんが上手に宣伝したから。

もちろん私も貢献している自覚はある。だけど、私だけが凄いわけではない。

「……最高のライブにしようね」

私は色々な言葉を飲み込んで、一言だけ声に出した。

『もちろん！』

元気な返事が聞こえた後、会話が途切れた。

何を話そうかな。それを考えた時、ふとした疑問が頭に浮かんだ。

「そういえば、まつりんはどうしてアイドルに憧れたの？」

『幼い頃に見たライブがきっかけだよ』

彼女は少し上を向いて、当時の感情を思い出すようにして言った。

『かわいい衣装を着て、キラキラ輝くステージに立って、歌声ひとつで皆を笑顔にする。戦隊ヒーローよりも、ドラマに出てるイケメンよりも、あの時に見たアイドルの方がずっとずっとカッコよかった』

その声からは、本当に好きなのだという気持ちが伝わってくる。

『よくある子供の夢ってやつだね』

彼女は照れたように笑う。

『だけど、大人になった今もまだ追いかけてる』

そして少しの間を置いた後、どこか吹っ切れたような声で言った。

『笑っちゃうよね』

それはまるで歌詞の一節みたいに、たくさんの思いが込められた言葉だった。

言わんとすることは分かる。あえて言葉にするのは野暮なのだと思う。

私は、羨ましいと思った。

こんな風に夢を追いかけられたら、どれだけ楽しいのだろう。

だから、自然と問いかけていた。

「夢を追いかけるって、どんな感じ？」

『二度とやりたくない』

即答だった。私は想定と違う返事を聞いて苦笑する。

「なんで？」

『だって、大変なことばっかりだよ？』

その言葉とは裏腹に、彼女は楽しそうな声色で言う。

『時間が作れない。ネタが思い浮かばない。ファンの言葉は良いことばっかりじゃない。何回も闇堕《やみお》ちしそうになったよ。ほんと、大変なんだぞ？』

「……そっか」

私は上手く表現できない感情を笑い声に変えた。

「……良いなぁ」

『どういうこと？』

思わず呟いた声に、ちょっとだけトゲの有る返事があった。

「……私には、そういうの、何も無いから」

最近は色々と上手く行っている。

だけど、不思議なことに、今このタイミングで、その言葉が口を衝《つ》いて出た。

「鈴木さんが起業した理由、知ってる？」

『知らないけど……』

「世界を変えるためだって。凄いよね」

私は茶化したような声で言った。

最近は割とマジでムカついてるけれど、彼のことは本当に尊敬している。

「めぐみんも凄いんだよ」

彼女は大切な人を失い続けた。

だから「神様になって理想の世界を作る」と決意して、世界初の触覚技術を生み出した。

そして今も、ライブのクオリティを限界まで上げるために身を削っている。

「まつりんも凄い」

彼女は……彼は、絶対に叶わないはずの夢を見た。

だけど諦めなかった。ひたすら前を向き続けて、今まさに夢を現実に変えようとしている。

「他にも、最近会う人、凄い人ばっかり」

有紗《ありさ》ちゃんは、たったひとつのことに全てを懸けられるような情熱を持っていた。

それを失ったら他には何も考えられなくなるようなこと、私には無い。

ゆりちとか、神崎さんとか、中野さんとか……凄い人を想像したら、いくらでも名前が出てくる。

「……私は？」

私は、どうだろうか。

普通に生きて、普通に大人になって、普通に今に至る。

一度だけ必死になれたことがあった。

オルラビシステムを開発していた時、私はきっと輝いていた。

だけど、それを失うことになった時、あっさりと諦めてしまった。

私には有紗ちゃんのような執着心が無かった。

結局、あっさりと諦められる程度の情熱しか持てなかったのだ。

「……私には、何も無い」

今は、目標がある。

まつりんを最高のアイドルにする。そのために頑張ってる。

だけどこれは他人の夢だ。私自身が生み出した情熱ではない。

本当に輝いている人達と接しているからこそ痛感する。

私は、空っぽだ。

「ごめんっ」

私はハッとして、慌てて言葉を発した。

「急に何言ってんだろうね。あはは」

おかしい。なんでこんなネガティブなこと言っちゃったのかな。

ライブが近づいて終わりが見えたから？　ちょっと気が抜けちゃったのかも。

『それなら、あちきの出番だね！』

「……まつりん？」

私は顔を上げる。

パソコン画面に映った「小鞠まつり」は、クルリと回転しながら立ち上がった。

『アイドルの仕事は、夢を与えること！』

彼女は私を真っ直《ます》ぐに見た。

『ラブちゃんの隙間に、あちきが夢を詰め込んであげるよ！』

その笑顔は作り物であるはずなのに、どうしてか本物のアイドルみたいにキラキラと輝いて見えた。

『誰かの夢を応援することも、立派な夢だと思うぞ』

「……うん、そうだね」

私は静かな声で返事をした。

「そうだよね！」

その直後、鬱屈とした気持ちを吹き飛ばすつもりで、思い切り声を出した。

後ろ向きになっても良いことは何も無い。

今やるべきことに集中する。

今やりたいことを実現する方法だけ考える。

それが、今の私にできるベストな選択なのだと思う。

『ところで、ひとつお願いがあるんだけど……』

まつりんが遠慮がちに言った。

「どんなこと？」

『ごめん。やっぱりふたつかも』

「いいよ。なんでも言って」

『……えっと、えっとね？』

何やら妙に照れている。べつに断らないけど、どんなお願いなのだろうか？

『う〜！』

まつりんは唸《うな》った。そして消えた。

「……あれ？」

停電とかで落ちちゃったのかな？

疑問に思っていると、パソコンの隣に置いていたスマホが震えた。

「夕張《ゆうばり》さんだ」

とりあえず電話に出る。

「佐藤です。大丈夫ですか？」

『っ……』

何か息遣いのような音が聞こえた。

なんだろう？　不思議に思いながら返事を待つ。

『すみません。この話は、こちらで言いたいと思いまして』

夕張さんの声だ。渋い。

えっと、この話……？　どういうことかな？

『ライブに、出たいです』

「……はい」

とりあえず頷いちゃったけど、えっと……ええっと？

『ステージに、立ちたいです』

私の困惑した雰囲気を察したのか、彼は言い直した。

「なるほど！」

その一言で十分だった。

「任せて！」

かわいい衣装を着て、キラキラ輝くステージで、すっごく楽しそうに歌って踊るアイドル。

夕張さんは、そういうアイドルの姿に憧れを抱いた。

その夢を叶えられるかもしれないチャンスが目の前にある。

だったら、言うだけなら無料の「お願い」をしない理由なんて存在しない。

『あのっ、決して直接ステージに出たいとか、そういうわけではなくて、あくまで小鞠まつりとして、その視点に立ちたいというか、つまりその、そういうことです』

「あはは、大丈夫。ちゃんと伝わってますよ」

あえて苦言を呈するならば、もう少し早く言って欲しかったことくらいだろうか。

でも……うん、方法はいくらでも思い浮かぶ。

「後でいくつかアイデア送りますね」

『お願いします！』

良い返事だ。こういう声を聞くと、頑張ろうって気持ちになる。

ほんと、不思議だ。自分のためには何もできないのに、誰かのためを考えると力が湧いてくる。

『えっと、あの、それでは……突然のお電話、失礼しました！』

「全然平気ですよ。おやすみなさい」

『おやすみなさい！』

互いに挨拶をした後、私の方から電話を切る。

「あっ」

その瞬間、思い出した。

「お願い、ふたつじゃなかったっけ？」

かけ直す？　でもなんか、タイミング逃しちゃった感じがあるかも。

多分、また夕張さんの方から連絡があるよね。それを待つことにしよう。

そして数日後。結局ふたつ目のお願いは聞けないまま、私はライブ当日を迎えるのだった。

Side わるだくみ

「みーなーせーくん、調子はどうだい？」

着々とライブの準備が進む中、川辺《かわべ》は普段リバテクが使わないフロアの会議室に水瀬《みなせ》を呼び出した。

「バッチリです。トト様のライブ、歴史に残るクオリティに仕上げてみせます」

「んー、それも気になるけど、もう一個の方、どうなってる？」

「……あー」

含みのある表現を受けて、水瀬は川辺が言わんとすることを察した。

「本当にやるんですか？」

川辺は言葉ではなく表情によって返事をした。

水瀬は溜息《ためいき》を吐《つ》いて、鬱陶しそうな態度で言う。

「トト様のライブにケチが付くの、死ぬほど嫌なんですけど」

「それは俺も同じ気持ちだよ。でも大丈夫。小鞠《こまり》まつりの出番は、ライブの最後だから」

「一番大事なところじゃないですか」

「何も台無しにしろって言ってるわけじゃない。分かるだろ？」

川辺はあえて直接的な表現を避けた。

水瀬は再び溜息を吐いて、頬杖《ほおづえ》をつきながら言う。

「それ、何かメリットあるんですか？」

「ライバルの勢いを削《そ》げる」

「うわぁ……」

「まーて待て水瀬くん。これはとても重要なことなんだよ」

川辺は大袈裟《おおげさ》な身振り手振りを添えて言う。

「先行者利益だよ。小鞠まつりのライブが失敗すれば、当然ファンは怒る。その時は喜んで次の機会を作るとも。だーけーど、それは次の機会なんだ。奴《やつ》らが一度のライブを開催する間に、我々は十回でも二十回でもライブを開催することができる」

「あー、はいはい。もう結構です。めんどくさい理屈があるんですね」

水瀬はそっぽを向いて、三度目の溜息を吐いた。

「水瀬くん、君にもメリットがある」

「……どういうことですか？」

川辺は水瀬に顔を近づけた。

それからドラマに出てくる悪人のような表情をして、とっておきの言葉を囁《ささや》いた。

「あの神崎央橙《かんざきえいと》が認めたエンジニアの本気、気にならないのかい？」

水瀬は目を見開いた。

「……卑怯《ひきょう》ですよ」

「ああ、卑怯だとも」

水瀬はビジネスに興味が無い。
しかし、ひたすら技術を追究しているわけでもない。
求めているのは、面白いこと。
佐《さ》藤《とう》愛《あい》は、世界最高のエンジニアと名高い神崎央橙に認められている。
彼女が「不幸な事故」に遭遇した時に何をするのか。
その問いは、水瀬の知的好奇心を絶妙に刺激した。
「エンジニアが最も悔しいこと、ですよね」
川辺は満足そうな表情を浮かべた。
そして、水瀬は川辺の思惑通りに動いたのだった。

最終話　わたしの歌

マリアです。本名は竹内半蔵《たけうちはんぞう》と申します。

本日、僕は推しのライブを見るために上京しました。

白状します。新幹線に乗っている時から涙が出る程にドキドキしています。

僕はアイドルオタクなので、推しのライブには何度か参加したことがあります。

しかし、まつりは特別です。

理由を言葉にするのは難しいですが、推し続けている時間が、愛の証明と言えるでしょう。

ライブの話を聞いた瞬間は夢のような気持ちでした。

たった二人の前で始まったまつりのライブが、こんなにも大きくなるなんて……感無量です。

僕は今日までの人生で感じた欲求を全て足しても届かない程に強くチケットが欲しいと思いました。

先着で四万名。まぁ、流石《さすが》に余裕でしょう。

僕は敗北しました。僕は無価値な豚です。もはや彼女のファンを名乗る資格はありません。

それなのに、どうして東京に来たのかって？

ふふふ、それは……こいつです（無意味にかっこいいポーズでチケットを構える）。

絶望に打ちひしがれていた時、まつりからメッセージが届きました。

それこそが、このチケット。いわゆる関係者からの招待状だったのです。

ファンに序列があるとは思いません。

しかし、優越感を隠すことはできませんでした。

五月とは思えない暑さの中、地獄のような列に並ぶ途中、常に笑顔だった程です。


会場に辿《たど》り着きました。

座席の配置などはライブによって異なりますが、今回は、なるほど、こうなりましたか。

まずは正面に広々としたメインステージがあります。その中心から客席を二分するようにして延びた花道は、会場の中央にある円形のサブステージに繋《つな》がっています。さらに、サブステージから三方向に花道が延びており、また別のサブステージに繋がっています。

十字形の構造です。南十字星形《サザンクロス》と言った方が、僕の世代には伝わりやすいでしょうか？

さて、そういうわけで、一階席は四つのブロックに分かれています。

メインステージを正面として、左前方をAブロック。そこから時計回りにDブロックまで続きます。

僕の座席はAブロック。中央にあるサブステージが最も見やすい場所でした。

感動です。新幹線の中で涙が涸《か》れたと思っていましたが、再び涙が溢《あふ》れてきました。

おっと、座席に何か置いてあります。

これは……なるほど、スマメガとMアームのバッテリーですか。

素晴らしい。親切な運営ですね。

もちろん僕はフル充電で挑みますが、途中で切れちゃったら悲しいですからね。

因《ちな》みに、スマメガの定価が12万9800円、Mアームの定価が3万4800円でした。良いお値段ですね。しかし、その性能を考えれば破格の値段設定と思えます。

拙者決してオタクではござらんが、この技術については思うところがあるのですよ。

まずはスマメガ。これはマリアの友人であり本ライブのチーフエンジニアでもある佐藤愛《さとうあい》が開発した眼鏡でして、網膜投影という技術が使われております。普通の眼鏡はレンズを通して光を調節することで視力を矯正しておりますが、これは網膜に直接映像を投影するという未来感あふれる装置にござる。国内における先駆けはレティッ○と思われますが、あれは30万円程だったはずにござる。それを考慮すれば13万円弱という価格設定は破格。利益が出ているのか心配になる程にござるまする。

そしてMアーム。拙者はメグミアームと呼んでおりますが、世間一般的にはマームですな。二ヵ月前の握手会で華々しくデビューした後、晴海《はれうみ》トトと小鞠《こまり》まつりのコラボ配信によって、その革新的な技術を世界に知らしめたデバイスにござる。まさに仮想世界と現実世界を繋ぐ触覚。その差異は、拙者には分からなんだ。噂《うわさ》によると、まもなくエムディストというプラットフォームが公開されるそうですが、実は合同会社KTRのパートナー企業による様々なサービス開発が裏で行われているようで、今年こそ真のVR元年と呼ぶべきでしょうな。はっはっは。

……いけない。思わず超絶早口で脳内語りを繰り広げてしまいました。

だけど仕方のないことです。それくらい興奮しているということです。

おっと、アナウンスです。

スマメガを装着してくれという内容でした。

僕は鞄《かばん》から例のメガネを取り出して、装備します。

このメガネは非常に便利で、耳にかけると自動的に電源がオンになります。謎の技術です。

「おぉ……」

驚きました。

殺風景に見えたステージが、一気に華やかになりました。

……この数字は、なんだろうか？

目の前のサブステージに、数字が浮いています。

……ああ、カウントダウンか。

じっと見て、一秒毎《ごと》に数字が減っていることから、そのように判断しました。

……未来って感じですねぇ。

ドキドキします。今日ここで、まつりはどのような歌を披露するのでしょうか。

ライブ会場だけで四万人も参加しますが、オンラインを合わせたら十万人を超えるそうです。後から公開されるアーカイブ映像も合わせたら、百万人以上が視聴するのではないでしょうか。

ああ、困ります。世界がまつりを見つけてしまいます。

推しが羽ばたく瞬間。嬉《うれ》しくもあり、寂しくもあり、形容しがたい感情があります。

おっと、また涙が。

僕はハンカチで目元をペチペチして、宙に浮いている数字を見ました。

一秒、また一秒、本番が近づく度に、何かこう、込み上げてくるものがあります。

そして、その瞬間が近づきました。

残り三十秒。誰かが数字を叫ぶと、会場中でカウントダウンが始まりました。

「なな！　ろく！　ご！」

僕も叫びます。乗るしかない。このビックウェーブに。

そして数字がゼロになった瞬間、会場の照明が消えました。

静寂です。

誰もが息を呑《の》んで「次」を待っています。


『お待たせぇぇぇぇぇぇぇぇぇぇ！』


その声は、突然に。

そして一瞬で会場中の熱を引き受けました。

中央にあるサブステージ。彼女は、僕の目の前に立っていました。

『うぉぉぉ、人多過ぎ！　これで普段の配信の半分とかマジ？』

晴海トト。この会場に居る者なら誰もが知るバーチャルアイドル。我が最推しの弟子でもあります。

彼女は額に手を当てて、会場を見渡すようにしながら移動を始めました。

「……信じられない」

その姿を見て僕は思わず呟《つぶや》きました。

「トトが歩いてる」

他の誰かが呟きました。それは、全く誇張ではありません。

本当に、バーチャルアイドルが花道を歩いているとしか思えない映像だったのです。

『マームある人、居たら手を挙げて。なんか触れるらしいよ？』

晴海トトが会場に向けて手を伸ばしました。

近場に居る人達《たち》が一斉に手を伸ばします。そして、彼女は一人のファンに触れました。

『どわぇぁ!?』

「うぇぁ!?」

そして双方が悲鳴を上げる。

会場からはドッと笑い声が生まれました。

『マジ!?　こんなマジで触れんの!?』

晴海トトは透明感のある汚い声で叫んだ後、悩むようにして腕を組みました。

そのちょっとした仕草にさえも感動してしまう。

あまりにも自然で、そこに晴海トトが実在していると錯覚しそうになります。

『これ言って良いか分かんないんだけどさ？　今日のライブの開発？　終わったの今朝らしいよ』

会場から「え～」という声が漏れました。今日の参加者はノリが良いみたいです。

『今のトトって、どんな風に見えてる？』

晴海トトは会場に呼びかけます。

『なんかバグってたらブーイング！　良い感じだったら、エンジニアさん達に拍手！』

その直後、会場は大雨のような拍手で応えました。

『おー、良かった良かった。流石はウチのエンジニアさん。最強じゃん』

拍手と歓声の中、晴海トトが嬉しそうな声で言います。

やがて音がフェードアウトして、会場に静寂が生まれました。

『あんたたちぃ！　叫ぶ準備はできてっか～!?』

あちこちから地鳴りのような雄叫《おたけ》びが上がりました。

『うるせぇぇぇぇぇぇ！』

再び笑いが起こりました。流石、ファンの扱い方が上手です。

その後、晴海トトは得意気な表情をして、天に向かって手を伸ばします。

ビッグバンが起こりました。

身体《からだ》が震える程の大音量で音楽が流れ、ライブが始まったのです。

前奏の間、彼女はあちこちに移動して、ファンの手を叩《たた》いて回りました。

その度、ちょっとした悲鳴が上がります。

気持ちは分かります。なぜなら僕は、以前の握手会で同じように絶叫したからです。

究極的にリアルな感覚と、作り物感が無い自然な映像。もはや、現実と区別なんかできません。

「こっち！　トトこっち！」

かくいう僕も手を伸ばしました。

ちが、違います！　浮気じゃないです！

まつりの弟子である晴海トトに対する激励です！　断じて他意は無いんです！

やがて、晴海トトは歌い始めました。

バンドではないから音楽は録音ですが、その歌声は、どうやら生歌みたいです。

……上手になったなぁ。師匠が良いんだろうなぁ。うんうん。

僕は腕組をしました。場所は最前列ですが、気分は最後方です。

透明感のある声を活《い》かした歌い方。声量も良い。さらに曲のチョイスも良い。晴海トトのオリジナルですが、ライブを盛り上げるような明るいもので、自然と身体がリズムを刻みます。


この時、僕は油断していた。

触覚技術を用いたライブと言っても、その恩恵を受けられる人は、ほんの一部かと思っていた。


『おや!?　上に何かあるぞ!?』


一曲目を歌い終えた後、晴海トトが叫びました。

彼女の視線を追いかける。そして僕は、時間が止まったような感覚に襲われました。

「……え？」

晴海トトが、宙に浮かんでいます。

僕を真《ま》っ直《す》ぐに見つめて、微笑《ほほえ》んでいます。

「……え、え、え、え、え？」

突然のファンサに驚いていると、彼女は僕に向かって手を伸ばしました。

握手でしょうか？　僕は困惑しながらも、そっと彼女に向かって手を伸ばしました。

彼女が微笑む。そして小さな手で、ギュッと僕の指を握り締めました。

『どう？　トトの手、あったかいでしょ』

その言葉が耳元で囁《ささや》かれた後、彼女は光となって消えました。

しかし、僕の手に生まれた熱だけは、いつまでも消えませんでした。

『どう？　どうだった？　今のサービス、ハイタッチ券って名前らしいよ。次からは五百円だってさ。アプリから課金してね～！』

僕は素早くスマホでアプリを起動して、気が付いたら残りの出演者全員分の「ハイタッチ券」を購入していた。なんて恐ろしいプロモーションなんだ。

『配信勢もスマメガとマームあれば体験できるからね！　課金しろよ！　会場勢は、他の課金アイテムもあるらしいから財布の紐《ひも》ガバガバにしとけよ！』

僕は恐ろしくなった。今日、一体どれだけのお金を使ってしまうのだろう。

『それじゃ、次の曲行くぞ～！』

晴海トトのライブは続きます。

僕は、もう、頭が真っ白でした。

感動とか、そういう言葉では足りない。

革命です。歴史的な瞬間に立ち会っている確信があります。

……僕は、どうなってしまうのだろう。

小鞠まつりの順番は、一番後ろ。

それまでに、どれだけの驚きがあるのだろう。

それを想像するだけで、胸の高鳴りはさらに加速していったのでした。

＊　夕張《ゆうばり》　＊

自分は今、会場の中央にあるサブステージの下に居る。

小鞠まつりの出番になった時、仕掛けが発動する。

佐藤さんの説明によると、ポールのようなものがサブステージに飛び出るらしい。

それはマジックミラーになっている。内側に入れば、一方的に会場が見えるというわけだ。

……すごいこと考えるよなぁ。

ドキドキが止まらない。

観客の歓声が床を震わせる度、変な声が出そうになる。

もちろんステージに立つのは小鞠まつりだ。自分じゃない。

だけど、きっと、何年も前から夢見ていた景色がそこにある。目の前にある。

……はぁぁ、心拍数、やっばぁ。

他のキャスト達は少し離れたスタジオに居る。

そこで専用の機械を装着して、バーチャルアイドルを動かすわけだ。

自分は違う。今日の小鞠まつりは、最初から最後まで事前に用意した映像となる。

ファンの方々に申し訳ないけれど、その分だけ、一生懸命に歌うつもりだ。

皆《みんな》の顔を、この目で見て、思い切り歌うつもりだ。

……佐藤さん、ごめん。

お願いは、ふたつあった。

ひとつはステージに立つこと。

もうひとつは、自分だけの曲を歌うこと。

今日の持ち時間は十五分。歌唱予定の曲は、今人気のアニソンと、プロが用意したオリジナルの曲。

どちらも今日のライブにピッタリで、素人が作った曲よりもずっとクオリティが高い。

だけど、どうしても歌いたい。

だって夢なんだ。幼い頃からずっと、こんな日を夢見ていた。

かわいい衣装を着て、キラキラ輝くステージに立って、自分の歌で、皆を笑顔にする。

もちろん分かってる。今日のライブは、たくさんの人が一生懸命に作り上げたものだ。それを私物化するような行動、許されるわけがない。だけど、それでも、この曲を歌いたい。

最高のステージに立って、自分の全てを詰め込んだ物語を叫びたい。

「あー、あー」

声の調子を整える。

まだまだ出番は先だけど、何もせずにはいられなかった。

＊　愛　＊

「感動でした。水瀬《みなせ》は猛烈に感動しています」

晴海トトの出番が終わった後、水瀬さんが嬉しそうな様子で「制御室」に戻った。

制御室はメインステージの裏側にあり、三十二台のパソコンと通信機器が置かれている。

他には、ひとつの長机と三人分の座席、それから様々なログを監視するためのディスプレイと、会場の様子を映したモニターがある。

「ＶＩＰ席は快適ですけど、ステージから遠くて少し残念でした。次はもっと近くで見たいものです」

本当は三人で監視する予定だったけれど、晴海トトの出番だけは、どうしてもモニターではなく肉眼で見たいということで、まさかの土下座が披露された。

そこまでされて断る理由も無いわけで、私は承諾したのだった。

「佐藤さんこれ見ました!?」

水瀬さんは自分の席に座ると、ディスプレイを見た瞬間に言った。

「ライブアイテムの売上、トト様だけで一億円を突破してますよ！」

「……うっそぉ？」

色々なログを確認していた私は、水瀬さんの言葉を聞いて思わず手を止めた。

「あはっ、トト様Tシャツだけで五万枚も売れてます。オンライン勢も買ってるみたいですね」

私は計算する。本日限定のTシャツが一枚千円なので……ただのデータが、こんなにも……？

「因みに、まつりTシャツは……おお、良かったですね。三桁、売れてますよ」

「うるさい。これから増える」

「山田《やまだ》さんなんで怒ってるんですか？　褒めたのに」

いつものやりとりである。

最初は冷や冷やしていたし、私もイラッとしていたけれど、流石に慣れた。

水瀬さんはデリカシーとリスペクトが足りないだけで、決して悪い人ではないのだ。多分。

「システムの方は無事ですか？」

「全然余裕」

めぐみんが言った通り、システムの稼働率は30パーセント前後で推移している。

ここから急激に負荷が上昇することは考えにくいから、ライブは何事もなく終わりそうだ。

「確かに、これなら大丈夫そうですね」

水瀬さんも自分自身でログを確認して言った。

「この先は、不幸な事故が起こらないことを祈りながら、ライブを見るだけの簡単なお仕事ですね」

「……あはは、そうですね」

やめてやめて。フラグになりそうなこと言わないで。

「ところで、小鞠まつりの出番が来た時、お二人はどうするんですか？」

「私は残ります」

本当はメッチャ会場で見たい。

だけど私は、まつりんの「お願い」を叶《かな》えるために、ここを離れるわけにはいかない。

「恵《めぐみ》も、残るよ」

「めぐみんは行きなよ。せっかくの機会なんだよ？」

「平気」

めぐみんは会場の様子を映したモニターに目を向けた。

それから微《かす》かに笑みを浮かべると、小さな声で呟いた。

「ここが、神様の居場所だから」

とても満足そうな声だった。

こんなことを言われたら、私はもう何も言えない。

「え、なに？　どういう意味ですか？」

水瀬さん。お願い。空気、読んで。

「絶対に行った方が良いですよ。モニターと会場じゃ全然違いますよ」

待って。待って。めぐみんプルプルしてるから。やめてあげて。

「推しの生ライブですよ？　一生に一度のファーストライブですよ？　本当に後悔しませんか？」

「……」

めぐみんは唇をギュッと結び、絶妙な表情で私を見た。

「行きなよ。こっちは私に任せて」

めぐみんはたっぷり悩む素振りを見せた後、こくりと頷《うなず》いた。

「片方は残ってくださいね！　流石に自分が担当してないシステムをワンオペするのは嫌なので！」

……その言葉、数分前の水瀬さんにそっくり返してあげたいなぁ。

私は本音をグッと堪《こら》えて返事をする。

「安心してください。むしろ、私は絶対この場を離れないですからね」

水瀬さんは安堵《あんど》したような表情を見せた。

「安心しました。嬉しいです。本当に」

理由は分からない。

ただ、今の言葉は、どこか嘘《うそ》くさかった。

＊　川辺《かわべ》　＊

「ちゃりん、ちゃりん、ちゃりぃ～ん」

楽しい。お金がどんどん増えるよ。

いやぁ、ファンの心理ってのは分からないもんだね。

バーチャルグッズ。飛ぶように売れてるよ。あはは。楽しい。

「さーてーと？　百億には届くのかな？」

タブレットに表示された今日の売上は、物凄《ものすご》い勢いで増えている。

正直、百億には届かないだろうが……まぁ、どうでもいい。ライブ自体の売上は誤差だ。

鈴木《すずき》の本命はＶＩＰ席に呼んだ偉い人達。

今日のライブを見せて、エムディストとかいうプラットフォームをアピールするわけだ。

その際に有償の契約を結んで、それによって得られる利益の半分がウチに流れる。

俺が集めた色々なデータを鑑みると、百億なんて誤差だね。うっはうはだぜ。わっはっは。

「でーもーね。俺の楽しみは、そこじゃないんだよねぇ」

やられっぱなしは気に食わない。

今後の展開を有利に進めるためにも、一度、互いの立場を分からせる必要がある。

出る杭《くい》は打たれる。

べつに「嫌がらせ」とかいう幼稚な理由でやっているわけじゃない。

ビジネスなんだ。有望なライバルは、早いうちに潰した方が良い。

もちろん仲良くする選択肢もあったが……あいつはダメだ。必ず敵になる。

「いやぁ、楽しみだなぁ」

小鞠まつりの出番が待ち遠しい。

色々な理屈を並べたが、結局のところ、この決断をした一番の理由は私怨だ。

「俺もまだまだ幼いってわけだ」

今日のようなライブは何年も前から計画していた。

仮想の触覚を用いた世界初のライブは、俺が実現するはずだった。

その役目を急に現れた若造に奪われた。挙句、色々と手のひらで転がされている。

面白くない。

だから、楽しくする。それだけだ。

「本当に、楽しみだ」

＊　愛　＊

「めぐみん、そろそろ移動しても大丈夫だよ」

まもなく小鞠まつりの出番になる。

私が言うと、彼女は大きく頷いて立ち上がった。

「ありがと」

「良いってことよ。私の分も楽しんできてね！」

彼女は貴重な笑顔を見せると、弾むような足取りで外へ出た。

「……今の笑顔、写真、撮りたかった」

「監視カメラの映像、見直しますか？」

「……ごめん、聞き流して」

相変わらず水瀬さんは空気が読めない。

私は苦笑して、ディスプレイのログに目を戻す。

「うん、順調だね」

稼働率はもちろん、他の細々とした値を見ても全く問題ない。

あとは、タイミングを見て「例のプログラム」を実行するだけ。

「はぁ、楽しみだなぁ」

「水瀬さん？」

「おっと、失礼しました」

「いえ……」

微妙な静寂。

「水瀬さん、実は小鞠まつりのこと、それなりに好きですか？」

「もちろんですよ。だって、トト様の師匠ですよ？」

「……そうですか」

少しほっこりした気持ちになった。

やっぱり悪い人ではないのだと思う。

「それより、最後まで気を抜かないでくださいね。システムが急に死んだらどうするんですか？」

「その時はもう、そりゃもう、必死ですよ」

「あはは。そうですよね」

そして次の瞬間。

全てのログが、一斉に異常を警告する赤に染まった。

＊　夕張　＊

おかしい。仕掛けが発動しない。

あれ？　前の人、終わったよね？

会場、すっごい盛り上がってる。

次が最後だよ？　間を空ける意味、あるのかな……？

『まつりん、聞こえる？』

耳に装着していたインカムから声が聞こえた。

そうだ、これが有った。すっかり忘れていた。

「うん、聞こえるよ。何かあったの？」

自分は小鞠まつりの声で返事をした。

『ごめん、ちょっと問題発生』

「問題？　どういうこと？」

『五分だけ繋いで。マイクは生きてるから』

「……分かった」

ラブちゃんの鬼気迫る声を聞いて、あちきは頷いた。

そうだよ。ここで慌てても仕方がない。

繋いで、ということは、彼女は必死に復旧作業を行っているのだろう。

「……信じてるからね」

心の中で呟いて、大きく息を吸う。

それから握り締めたマイクの電源をオンにして、晴海トトのように、叫んだ。

＊　愛　＊

会場の方から小鞠まつりの声が聞こえた。

どうやら、私の意を酌《く》んでくれたようだ。

私は深い呼吸を繰り返しながら現状を整理する。

今日、ライブを開催するために三十二台のパソコンを持ち込んでいる。

わざわざ会場に持ち込んだ理由は、スマメガと通信するため。

大量の通信機器が密集すれば、輻輳《ふくそう》が起こりやすい。これを避けるために、会場にパソコンと通信用の機材を持ち込んで、ライブ限定のネットワークを構築した。

しかし突然、三十一台のパソコンがダウンした。

「佐藤さん、これはダメですね。完全に落ちてます。ハードのトラブルっぽいです」

水瀬さんの報告を受けて、私は血の気が引くのを感じた。

「……分かった。ありがと」

「どうしますか？」

「ちょっと待って。考えるから」

このまま何もしない場合、残った一台の負荷が急激に上昇する。

私は暫定対処としてシステムをストップさせた。このパソコンも落ちたら完全に詰みだ。

集中する。後ろ向きなことは考えない。

やるべきことは単純だ。小鞠まつりが場を繋いでいる間に、システムを復旧させれば良い。

何をすれば復旧する？

簡単だ。三十二台で分散していた処理を、たった一台で実行すれば良い。

「……そんなの、できるわけ」

私は弱音を吐きかけて、

「できるわけ、ある。できる。絶対やれる」

グッと拳を握り締めて言った。

弱音を吐く場面じゃない。復旧することだけを考える。

「必要な情報は何？　二秒で答えて」

全機能を復旧する必要は無い。私の目的は、小鞠まつりのライブ。ただそれだけ。

「映像。音」

声に出すと同時に手を動かし始めた。

「触覚は邪魔」

極端な話をすれば、プログラムは入力と出力だけの関係で構成されている。

今回の場合、入力はスマメガに搭載されたカメラの映像であり、出力は、それにバーチャルアイドルの映像を合成したものとなる。一対一の通信ならば簡単だ。しかし、一対四万の通信は不可能に近い。

じゃあ、増やせばいい。

「……笑っちゃうよね」

我ながら発想が飛躍している。普通に考えて何時間もかかる作業だ。

これを僅か数分で実現したならば、その人物は神様と名乗ることを許されるだろう。

「めぐみんの気持ち、初めて分かったかも」

彼女は様々な理不尽を体験した。

だからこの世界のいじわるな神様を見限って、自分が神様になるのだと決意した。

今まさに理不尽が起きている。

これが神様のイタズラならば、そんな奴《やつ》になんか頼らない。

むしろ後悔しやがれ。一台でも残したことが、お前の敗因だ！

「必要な要素は、揃《そろ》ってる」

スマメガと、カメラの映像にバーチャルアイドルを合成するシステム。

どちらも私が作ったものだ。

だったら、この場における神様は私だ。不可能なんて、あるわけない。

「急げ」

腱鞘炎《けんしょうえん》になりそうな勢いでキーボードを叩く。

「急げ」

タイピング速度には限界がある。

だから頭の中でプログラムを最適化して一行でも多く記述を減らす。

一秒でも早くシステムを復旧して、小鞠まつりのライブを実現する。

だって約束した！

まつりんの輝ける場所は、私が作る！

「急げ！」

ツー、と後頭部の辺りを何かが走り抜けるような感覚があった。

思考がクリアになり、一切の雑念が消える。

私は無心で、ただひたすらに、頭の中で生成されるプログラムの入力を続けた。

＊　水瀬　＊

この人は、何をやっているのだろう？

何かぶつぶつ呟いたと思ったら、突然キーボードを叩き始めた。

瞬《まばた》きひとつせず、人間離れした速さでタイピングを続けるその姿には、鬼気迫るものがある。

……まぁ、見れば分かりますよね。

こっそり隣に立って、彼女が見ているディスプレイを覗《のぞ》き込む。

どうやら何かプログラムを書いているようだ。

……速過ぎでしょ。この人、コンピュータですか？

少し古いコンピュータで大量の文字列をペーストした時みたいに、次々と文字が入力されていく。

……無駄な足掻《あが》きですね。

プログラムは今日までに最適化してある。

今さら何をしたところで、たった一台のコンピュータで動かせるようになるわけがない。

……結局、この人もこのレベルか。

自分ならば無駄なことはしない。さっさと障害を報告する。

そもそも、プログラムを書き換える必要なんて無い。

小鞠まつりの声は聞こえているのだから、音だけ流して歌わせればいい。

映像は見えないし触覚も使えないけれど、中止という最悪の事態は避けられる。

……さあ、どうですか？　冷静になれば直ぐに気付ける逃げ道ですよ？

彼女がこれまで最高の結果を目指していたことは知っている。

だからこそ。

自分の管轄で起きた問題によって、本番が微妙な結果に終わったら、どう思うだろうか。

明らかな失敗ではない。微妙な結果なのだ。

エンジニアとして、これ以上に悔しいことは無い。

……あれれ？　この人、何のプログラムを書いてるんですか？

ふと違和感を覚えた。

目に見える部分は全体の一部だが、それでも処理の内容くらいは理解できる。

「あ、はは、有り得ないでしょ」

理解した瞬間、思わず笑ってしまった。

スマメガは、この人が開発したものだ。

詳細は知らないが、最初に使われた時には、スマメガ同士で通信していたらしい。

いや、細かい理屈はどうでもいい。

重要なのは、スマメガにデータを送受信する機能があるということ。

要するに彼女は、四万台のスマメガを利用して、処理を分散させようとしているのだ。

＊　まつり　＊

ラブちゃん、まだなの？

約束の時間、とっくに過ぎてるよ。そろそろ、お客さんも変に思い始めるよ。

「皆、弟子の歌はどうだった？」

お客さんは最高に温まっている。

ちょっとした言葉にも大きな声でリアクションをくれる。

「上手だった？　ありがと。嬉しい。じゃあ、あちきも師匠として、気合入れて歌わないとだよね」

会場に集まったたくさんの人達と話をしている。

まさに夢見た瞬間だ。それなのに、ちっとも楽しくない。

……楽しく、ない？

心の中で呟いた直後、違和感を覚えた。

おかしいよ。なんで、そんな風に思うの？

……これは、奇跡なんだよ。

ラブちゃんと出会ってから何もかもが変わった。

絶対に叶わないと思っていた夢が次々と現実になった。

そのせいで、いつの間にか、与えられることが当たり前になっていたのかもしれない。

……違う。そうなの。おかしいよ。

この時間は、元々存在しなかったはずのものだ。

今この瞬間が奇跡なのに、ただ待つだけなんて、あり得ない。

夢は誰かに与えて貰《もら》うものじゃない。そんなの全然楽しくない。

……決めた。

深呼吸ひとつ。

あちきはマイクを両手で握り締めた。

そして、目の前にある夢に向かって、全力で手を伸ばした。

＊　恵　＊

『聞いてください』

少し長いMCの後、まつりちゃんが言った。

VIP席の窓に張り付いた恵は、とても嫌な予感がした。

『実は、システムトラブルが起きちゃったみたいです』

その言葉を聞いた瞬間、恵は窓から離れた。

今すぐ愛のところに戻って復旧作業をするためだ。

「……っ、なに!?」

手を摑《つか》まれた。

恵は苛立《いらだ》ちを覚えながら鈴木さんを睨《にら》み付ける。

「必要ない」

「なんで!?」

嫌な予感が止まらない。だって、さっきまでシステム障害が起きる気配なんて無かった。

誰かが人為的にやった？　誰が？　鈴木さん、最近は愛と険悪だったけど……まさか？

「復旧作業をしているのは、佐藤さんだ」

「……だから、なに？」

「逆に聞くけど、君は彼女を信じられないのかな？」

理解した。

愛が居るから大丈夫。何も問題は無い。鈴木さんは、そういうことが言いたいのだろう。

「……信じてるに決まってる」

「そうか。奇遇だね。ボクもだよ」

恵は鈴木さんを睨み付けた後、再び窓に張り付いた。

会場には何も無い。スマメガの機能が停止しているから、寂しいステージしか見えない。

『あちきの友達が、今、復旧作業をしています』

愛のことだ。恵には分かる。まつりちゃんは、愛を信じてる。

『あちきは皆に声を届けることができます。だから、歌を届けたいと思います』

ＶＩＰ席と会場は、窓ガラスで仕切られている。

だから会場の音は聞こえない。だけど、その雰囲気は伝わってくる。

きっと誰もが静かに彼女の話を聞いている。

その静寂にそっと言葉を添えるようにして、彼女は言った。

『タイトルは、わたしの歌』

息を吸い込むような音がした。
そして、彼女は歌い始めた。
『ねぇ、聞かせて。幼い頃に見た夢を』
それは、とても静かな歌い出しだった。
『ねぇ、教えて。どうしてそれを諦めたの』
綺麗《きれい》で優しい高音がそっと耳をなでる。
恵には、この歌声を適切に表現できるような語彙が無い。
『わたしの話をしようか。わたしの大切なストーリーを。今歌うよ』
ただただ、うっとりした。
どこまでも届くような力強い歌声に心を摑まれた。
そして彼女は、その曲のタイトル通り、自分自身の物語を歌い始めた。

『始まりはそうキラキラステージ。かわいい衣装見て一目惚《ひとめぼ》れ。あぁ、気持ちが止まらない。初めのうちは信じられたのさ。いつかきっと叶うってことを。あぁ、世界は残酷。

神様わたしはあなたが嫌いです。あなたもわたしが嫌いなのだろう。努力で叶えばどれだけ楽だろう。時間があるなら無限にやるのに。夢を見るためには資格が必要なんだね。

スタートラインが遠すぎてさ。手を伸ばしても離れていくばかり。理想と今の自分を見比べてさ。子供みたいに泣きわめいてばかり。

大人はみんな嘘つきだ。未来は無限なんでもできるって。生まれた瞬間には、もう、全部……全部、決まってるのにね。それでもわたしは理想を追いかけたよ』

＊　愛　＊

歌が聞こえた。
言葉のひとつひとつを大切にする素敵な歌声だった。

プログラムは未《いま》だ完成していない。激しいタイピングによって指先の感覚は消え、前腕にある筋肉が焼けるような熱を放っている。瞬きを忘れた目は乾き、次から次へと涙が溢れ出る。私はそれを拭わずに指先を動かし続けた。だって、こんな歌を聞かされたら、止まれるわけがない。

ほんの数日前、話をした。

私は問いかけた。夢を追いかけるって、どんな感じ？

小鞠まつりは言った。二度とやりたくない。

当時はごまかすような笑いまじりの声だった。

この歌声からは、本音が伝わってくる。

どれだけ憧れたのか。どれだけ絶望したのか。

そして、どんな気持ちで夢を追いかけたのか。

私は何を悩んでいたのだろう？

夢中になれることが見つけられないなんて、彼がステージに立つことに比べたら些細《ささい》なことだ。

だから私は諦めない。

だってまだベストじゃない。まだ約束を果たせていない。

小鞠まつりを最高のアイドルにする。彼を大勢のファンの前に立たせる。

そのために私は、神様になってやる。

「もっと早く。もっと。もっと。もっと。もっと！」

タイムリミットは、この歌が終わるまでだ。

頭の中ではプログラムが完成している。これ以上の最適化は望めない。

一秒あたり一回でも多く入力したいのに、痛みが動きを鈍らせる。徐々に遅くなっている。

そんな私を鼓舞するかのように、歌声が聞こえ続けた。

『ねぇ、どうにか。普通の日々を手に入れたよ』

私は咄嗟《とっさ》に唇を噛《か》んだ。だけど決して手は止めない。

『ねぇ、どうして。身体が上手に動かないよ』

なんて、なんて切ない声で歌うのだろう。

こんな風に思うのは、私がその物語の一端を知っているせいかもしれない。ほんの一言二言の歌声で感情がグチャグチャになる。それと同じくらいに、肘から先の激痛に耐える力を貰える。

『憧れていたキラキラステージ。新しい技術を着て乗り込む。あぁ、やり遂げたんだよ。だけどほんの少しズレてる。夢見た理想とは違うよ。あぁ、わたしは欲張り。

神様になって迎えに行くから。あなたの言葉が胸に残ってた。

だけれどその時勇気が出なくて。わたしは逃げて膝を抱えた。

それでも君が、背中を押してくれたから』

小鞠まつりは声を張り上げた。

今日一番どころじゃない。私はこんなにも力強い歌声を聴いたことがない。
彼女は大きく息を吸い込む。微かに嗚咽《おえつ》が混じるような音がした。
そして、その先の数十秒に、きっと今日までの何十年を凝縮して、歌声を響かせた。
『今を変えること怯《おび》えていたよ。生まれ変わること難し過ぎるよ。
新しい世界を目にするために。変わることは捨てることだから』
その歌詞を耳にした瞬間、目の前がぐにゃりと歪《ゆが》んだ。
だってそれは、私が彼女から聞いて、ずっと胸に残っていた言葉だ。
変わることは捨てること。
どういう気持ちでその言葉を口にしたのか、今やっと、本当の意味で理解した。
『勇気を出して踏み出したよ。わたしは決めた前を向くんだって
そしたら目の前には、ほら、全部……全部、そこにあったみたいだ
こうしてわたしは、理想に、辿り着いたよ』
彼女は歌い終えた。
それは私がプログラムを書き終えて、それを実行したのと同時だった。

「お願い」

両手を握り締め、祈る。

映画のように大量のログが出ることは無い。そこまで作り込む余裕なんて無かった。

逆に言えば、動いてる。少なくともエラーは出ていない。

だけど、プログラムはエラーが出なければ正常に動作するわけではない。

「……お願い！」

だから祈るしかない。

私は目を閉じて、ちっとも感覚が残っていない両手を強く握り締め続けた。

「監視プログラム」

水瀬さんが何か言った。

「監視、プログラム？」

その言葉を復唱して、私はハッとした。

監視対象となるスマメガをひとつかふたつに絞れば、直ぐに動作確認できる。

即座に実行した。ログを見る。思わず頬が緩む。

そして私は、もうひとつのプログラムを実行した。

言葉は要らない。事前の打ち合わせ通り、こっそり用意した仕掛けを動かして、本来歌う予定だった曲の音楽を流す。それだけで伝わるはずだ。

「間に合ったよ」

呟いて、ディスプレイのひとつを見る。

そこには会場の様子が映し出されており、きちんと仕掛けが作動していることが分かった。

「後は、任せたよ」

私はパソコンを操作して、音楽を流した。

『いっくよ〜！』

その瞬間、心から嬉しそうな主役の声が聞こえた。

直ぐに応じる声があった。大歓声だった。

彼の目には、きっと大勢の人々が映っている。

全部で四万人。クルリと身体を一回転させても人が見えない角度なんて無い。

彼は、何を思うだろうか？　どんな気持ちで次の歌声を響かせるのだろうか？

『ありがと〜！』

彼女は歌の合間に何度も感謝の言葉を告げた。

ライブはモニター越しでも分かる程に盛り上がっている。

小鞠まつりが反応を求める度、仮想世界で聞き慣れた野太い声が響き渡った。

「いいなぁ」

私の口から出たのは、そんな言葉だった。

システムトラブルが起きた。

小鞠まつりは復旧作業の間に歌を披露した。

その歌が終わると同時にシステムが復旧した。

あまりにドラマチックだ。一部の人は演出だと思うかもしれない。

もしくは小鞠まつりの物語として記憶に刻まれるかもしれない。

どちらにせよ、そこに私の存在は無い。

だから、彼女のことが羨ましく思える。

凄いことを成し遂げたはずなのに、誇らしいのに……眩《まぶ》しくて、悔しくて、仕方がない。

「佐藤さん、見てきたらどうですか？」

「いいの？」

「もちろんです。あとは水瀬に任せてください」

「……ありがと！」

私は手元にあったスマメガを握り締め、制御室を飛び出した。

小鞠まつりの姿を見るために。自分が作り上げたライブを、もっと近くで見るために。

＊　川辺　＊

「どういう、ことだ？」

俺は、開いた口が塞がらなかった。

「まーて待て。アプリは落ちたまま。障害は起きてる。なんでスマメガだけが復活した？」

俺は「不幸な事故」の全貌を知っている。

スマメガの機能回復は有り得ない。

しかし事実として、この目には小鞠まつりの姿が見えている。

結果、会場は大盛り上がり。これでは「わるだくみ」がドラマの演出にしかなっていない。

なぜ、なぜ、どうやって。

理由を考えていると、ちょうど手に持っていたタブレットが震えた。水瀬からの着信だ。

『川辺さん！　佐藤さんは本物ですよ！』

「待て待て水瀬くん、どういうことだ？」

『作ったんですよ！』

「作ったぁ？」

『そうです！　ダウンしたコンピュータの代わりに、会場中のスマメガを使うプログラムを！』

「はぁぁぁ!?」

有り得ない。技術的に可能かどうか以前に、障害が発生してから十分も経《た》っていない。

……事前に用意していた？　いや、それなら水瀬がここまで興奮するわけがない。

「水瀬くん。もう一度確認する。佐藤は、今この場で、そのプログラムを作ったのか？」

『その通りです！　天才、いや、まるで神様ですよ！　信じられない！』

言葉が出ない。

俺も多少は技術に精通しているから分かる。それは、人間業じゃない。

『川辺さんの完敗ですね』

「うるさい！」

　俺は負け惜しみを口にして電話を切った。

「きーくん、やっぱり余計なことしたでしょ」

「楓《かえで》ちゃん。いつの間に」

「流石に、おこなんだけど？」

「やーめーてーよ。これはビビパレのライブだぞ？　邪魔するメリットなんてない」

「全部、聞こえてたからね？」

「やーだーな。復旧に感動しただけだよ」

「トト全部って言ったよ？　なんで余計なことするのかな？」

　俺は察した。

　全部とは、恐らく水瀬くんと会議室で話した内容も含めて、全部だ。

　どうする。ごまかすか。止めなかった彼女を同罪にするか。あるいは——

「ドラマチックになっただろう？」

　開き直るしかないだろ。こんなの。

　あ、やめて楓ちゃん。溜息《ためいき》やめて。

「トト素直に負けを認められないのが一番ダサいと思う」

「だー、もう、分かったよ。俺達の負け。完封負けだよチクショウ！」

「は？　べつにトトは負けてないし」

その言葉とは裏腹に、彼女の目元は赤くなっている。

恐らくは小鞠まつりの歌に感動したのだろう。

その気持ちは、分かる。

「……そうだな。俺の一人負けだな」

俺は素直に負けを認めることにした。

彼女の歌声に心を動かされたのは、楓ちゃんだけじゃない。

「後でちゃんと謝りなよ。灼熱《しゃくねつ》土下座だからね」

「普通の土下座で許して!?」

俺は間抜けな悲鳴を上げた後、心の中で冷静に考える。

どうして自分は負けたのだろう。

どこで何を間違えたのだろう。

相手が佐藤愛だった。

どれだけ考えても、それ以外の答えは出なかった。

＊　愛　＊

会場は異様な熱気に包まれていた。

大勢のファンが立ち上がって手を振り回している。

一瞬、なんだこいつらと思ってしまったけれど、スマメガを起動したら理由が分かった。

その手には、ペンライトやファングッズが握られている。

「……全然ステージが見えない」

私はスタッフ用の特等席があることを思い出したけれど、なんだか移動が億劫《おっくう》で、手近な壁に背中を預けた。ここは座席の一番後ろに位置する。ならば腕を組み、ドヤ顔をするしかない。

まさに後方腕組彼氏面。否、私がこのライブを作りました面である。

「あっちは、どんな顔してるのかな」

ここからはファンの背中しか見えない。

多分、ステージが見えたとしても、小鞠まつりが見えるだけで、夕張さんの顔は見えない。

だから私は目を閉じて、想像することにした。

最高に幸せそうな歌声と、ファンの歓声を聞きながら、頭の中で思い浮かべ……。

やっぱり我慢できなくて目を開けた。

背伸びしたり、ジャンプしたりして、どうにかステージが見えないかと試みる。

「見えろ！　見せて！　お願いします！」

その願いが通じたのだろうか。

一瞬だけ、中央のサブステージで歌っている小鞠まつりの姿がハッキリと見えた。

「こんな風に、見えるんだ」

今日ここに集まった四万人は、まるで本物のように錯覚しているかもしれない。
だけど、あれはバーチャルの存在だ。特に、今回の映像は完全な作り物だ。
他のバーチャルアイドルは人間の動きを反映していた。
しかし、あの小鞠まつりは事前に用意したモーションデータを再生している。
私が一番、あれを作り物だと理解している。
それなのに、どうしてだろう。
彼女が私を見て微笑んだような気がした。
次はあなたの番だよと、そう言われたような気がした。

書き下ろし番外編

書き下ろし番外編　まつりのライブ001

恵《めぐみ》の努力が報われたことは一度も無い。

頑張った後に待っているのは、いつもガックリと脱力するような結末だった。

慣れることは無い。むしろ回数を重ねる度に脱力感が増している。

これまでは、どうにか立ち上がることができた。でも、今回は無理っぽい。

せっかく大学に合格したのだから、せめて卒業しよう。

前向きな言葉は捻《ひね》り出せるのに、前に進むための力は全く湧き上がらない。

だって、どうせダメになる。

当時の恵は後ろ向きだった。どうしようもない程に追い詰められていた。

だからそれは……小鞠《こまり》まつりとの出会いは、革命だった。

神様になる。理想の世界を生み出して、そこで幸せに生きる。

恵に再び立ち上がる力を与えてくれたのは、荒唐無稽な夢物語だった。

最初はそれだけだった。

小鞠まつりは立ち直るきっかけをくれた人。感謝の気持ちはある。いっぱいある。でも、それ以外の感情は何ひとつ無かった。ただ、恵は彼女の配信を見るようになった。毎日ではない。疲れた時とか、たまたま配信開始の通知が目に入った時とか、とにかく気が向いた時に配信を見た。

小鞠まつりの配信を見ると元気が出る。

楽しそうな歌声を聴くだけで、恵も頑張ろうという気持ちになる。

そんな日々を繰り返すうち、恵は、いつの間にか彼女のことが大好きになっていた。


ある日のこと。

まつりちゃんが仮想チャットでライブを開催すると宣言した。

恵は椅子から転がり落ちそうな程の衝撃を受けた。

直《す》ぐに仮想チャットについて猛勉強して、自分だけのアバターを用意した。

もちろん専用のアバターを用意する必要は無い。だけど、まつりちゃんに直接お礼を言えると思ったら、多くのファンの一人としてではなくて、恵として会いたいと思った。

ライブ当日。

恵は不慣れな仮想チャットを操作して会場に辿《たど》り着いた。

そして、まつりちゃんと出会った。

彼女は恵に気が付くと、ピシッと指を向けて言った。

『おめでとう！　君が最初の参加者だ！』

恵は驚いて何も言えなかった。

最初の参加者というシンプルな言葉を理解するまでに、五秒くらいかかった。

カメラを動かして周囲を見る。黒い壁と黒い床があるだけで、他のアバターは見当たらない。

『えぇっと、メグミさんかな？　来てくれてありがとね』

名前を呼ばれ、慌ててまつりちゃんにカメラを戻した。

「こ、こんにちは！」

上擦った声が出た。少しだけ恥ずかしい。

『あれれ？　私の声、聞こえてる？』

当時の彼女は、一人称が私だった。

それはさておき、恵は慌てた。多分、マイクがオンになっていない。

どうしよう。無視してるって思われたら嫌だ。

とりあえずアバターを操作して、聞こえてるよ、というジェスチャーをする。

『あはは、無言勢さんなのかな？　じゃあ、音が聞こえてたら時計回りに三回転してみて』

恵は素早くアバターを操作した。

『良かった。ちゃんと聞こえてるみたいだね』

恵はとにかく感激していた。

ディスプレイの映像は配信を見ている時と大して変わらない。それなのに、まつりちゃんが目の前に居るのだと強く感じた。普段は見るだけだった存在が恵に話しかけている。それはもう、すごかった。

瞬間、画面がピカッと光った。

恵は驚いてカメラを操作する。そこには、さっきは居なかったシスターさんが立っていた。

『おめでとう！　君が二人目の参加者だ！』

まつりちゃんが嬉《うれ》しそうな声で言った。

『……感激です』

シスターさんは、とても渋い声で返事をした。

可愛《かわい》らしいアバターだけど、中身はおじさんなのかな？

『わっ、マリアさん！　いつもコメントくれてる人だよね？　ありがとね』

まつりちゃん、どうして名前が分かるのかな？

恵は不思議に思いながらシスターさんを見る。何度かカメラを操作して、頭上に名前らしき文字列が浮かび上がっていることに気が付いた。なるほど、そういう仕組みなんだ。

『えっと、他の人も来るかもだから、あと五分くらい待つね！』

その後、まつりちゃんとマリアさんは五分くらい雑談をした。

恵は必死にマイクをオンにしようと頑張ったけど、残念ながら時間切れになった。

『はい、終了！　というわけで、記念すべき初ライブの参加者は二人でした！　ぱちぱち〜！』

二人。まつりちゃんのファン人数が五千人以上であることを考えると、少なく感じる。

『メグミさん、マリアさん、本当に、本ッ当にありがとね！』

だけど彼女の声は、本当に嬉しそうだった。

仮想チャットの中で目に映る物は全て偽物だけど、声だけは違う。

それは恵が大好きな声。聞いているだけで、すっごく元気が出るような声。

『逆に、他の子うさぎちゃん達《たち》はアレだね。次の配信で説教しないとね』

まつりちゃんが拗《す》ねたような声を出した。

直ぐに『ふっふっふ……』という渋い声が聞こえた。マリアさんである。楽しそう。

『それじゃ、歌うぞ！』

そして、夢のような時間が始まった。

恵は、とても不思議だった。

何度も聴いたはずの歌声なのに、いつもと全然違う。

どうして？　名前を呼んで貰《もら》えたから？　普段よりも没入感が強いから？

合理的な理由を頭の中に列挙する。どれもしっくりこない。

試しに、今この瞬間がまつりちゃんにとっても特別なのだと仮定した。彼女の強い感情が声色を変化させ、普段よりも強く恵に伝わっているのだと考えた。その考えは、不思議な程にスッと腹落ちした。

涙が出た。とても楽しい気持ちなのに、どうしてか目の奥が熱い。

「……おめでとう」

無意識に呟《つぶや》いた。理由は分からない。歌声を聴いていたら、その言葉が口を衝《つ》いて出た。

『どんどん行くよ！』

その後、まつりちゃんは一時間ほど歌い続けた。

途中、恵は画面を切り替えて、マイクをオンにする方法を調べた。

全身が熱かった。心に浮かび上がった言葉をどうしても伝えたいと思った。

そして――

「神様になります！」

恵は、その言葉を彼女に伝えた。

『神様？』

まつりちゃんは不思議そうな声で言った。

当然の反応だと思う。急に神様とか言われても、普通は何がなんだか分からない。

「あなたの言葉に救われました」

それでも構わない。変な人だと思われても良い。

「理想の世界、作ります」

恵は、一方的に誓いの言葉を叫ぶことにした。

「新しい世界の神様になって、いつか、必ず、迎えに行きます！」

冷静になったのは、三度目の息を吸い込んだ時だった。

意味不明。完全に不審者。怖い人。嫌われたかも。

『分かった。じゃあ、約束だぞ』

まつりちゃんは笑顔で言った。

『楽しみに待ってるからね』

それはファンに対するリップサービスだったのかもしれない。

だけど、恵にとっては、この上なく特別な言葉だった。

「約束します！」

神様になる。そして、まつりちゃんを迎えに行く。

明確な目標ができた。

だけどそれは、辛《つら》く苦しい日々の中で薄らいだ。

愛《あい》と出会う頃には、すっかり配信を見なくなっていた。


会社でバーチャルアイドルの話題が出た時、恵はハッとした。

恵は寂しかった。だから理想の世界を作りたいと思った。でも、それだけじゃない。

約束した。いつか神様になって、まつりちゃんを迎えに行く。

約束を果たす時が来た。

まつりちゃんを勧誘する時、恵は活躍できなかった。

リバテクの人達と会議をする時、恵は全く発言できなかった。

せめて開発の時くらいは役に立ちたい。そう思って必死に頑張ったけど、愛のお手伝いをするだけで精一杯だった。愛は、まさに神様だった。

悔しい気持ちが無いと言えば嘘《うそ》になる。

でも、そういう感情は、まつりちゃんの歌声を聴いた瞬間に、綺麗《きれい》さっぱり上書きされた。

「これ、知ってる」

わたしの歌。彼女は曲名を呟いた後、スッと息を吸ってから歌い始めた。

初めて聴く曲なのに、なぜか過去に聴いたことがあるような気がした。

「この歌声、知ってる」

思い出したのは、何年も前に一度だけ聴いた歌声。

あの時、恵はそれを特別に思った理由が分からなかった。

「……そっか」

彼女の気持ちが歌声を通じて伝わってくる。

短い歌詞に込められた想《おも》いが痛い程に胸を打つ。

恵は、あのとき自分が「おめでとう」と言った理由を理解した。

「まつりちゃん、喜んでる」

曲調はバラード。恵はずっと涙が止まらない。

それなのに、嬉しい気持ちになる。夢を叶《かな》えた喜びが伝わってくる。

そっか、そうだったんだ。

まつりちゃんはずっと、こんな風に、たくさんの人の前で歌いたかったんだ。

「おめでとう」

恵は心からその言葉を口にした。

やがて、まつりちゃんの歌が終わる。

その瞬間、パッと会場が光り輝いた。

「……流石《さすが》」

スマメガの機能が復活している。

ステージに立つ小鞠まつりの姿がハッキリと見える。

驚きは無い。愛なら必ず問題を解決すると信じていた。

だって彼女は、神様だから。

「……」

ふと疑問に思う。恵は、なんなのだろう。

愛が神様なら、そのお手伝いさんは……いや、これは、ない。

「……愛のバカ」

愛は時々、恵のことを「大天使メグミエル」と呼ぶ。

神様のお手伝いだから、天使様。

悔しいことにしっくり来るけど、これは断固として拒否。

「……名前とか、いらない」

どの口が言うのだろう。心に浮かんだ冷静な指摘を無視して、恵はステージに集中する。

それはもう夢のような光景だった。

このライブの開発に微力ながら貢献できたことが心から誇らしい。

「……絶対、忘れない」

涙を拭う。そして、奇跡のようなライブを目に焼き付ける。

恵はきっと忘れない。今日この瞬間を——長年の夢が現実になった瞬間を、決して忘れない。

あとがき

えがおー！　世界に笑顔を届けたい小学生（概念）の下城米《かしろめ》　雪《ゆき》です。

一巻を第一章とするなら、二巻と三巻で第二章となります。一年以上もお待たせしてしまって、大変恐縮です。事情があるんです。売上とか。売上とか。売上とか……。

コミックス万歳！　敏腕編集者Ｍ氏が見出《みいだ》した伊於《いお》大先生の神マンガが見事にバズったことで出版社の偉い人達《たち》が「えがおー！」になって三巻を出せることになりました！　わーい！

しかも！　京王線のドア横に広告が出されたり、大先輩である「イケナイ教」のＣＭに出演したり！

なんだこれ夢か？　カシロメちゃん異世界に転生したんか？　という状況に！

とてもとても幸せなことです。

現代社会では、本を売るために、沢山の方が、沢山の活動をしています。本作の場合は、作者である私自身も執筆以外の活動をして、どうにか皆様にお届けしております。だからこそ私は伝えたい。三巻が発売されたのは、当たり前ではありません。本当に、とても特別なことなのです。感謝感激です。

……尺が余ったので作品について語ります。

三巻で最も悩んだのは、表紙です。賢明な読者諸君はお気づきかと思いますが、表紙と口絵（最初の方にあるカラーの挿絵）は、セットになっています。ラストシーンの愛《あい》とまつりです。いっぱい考えて決めた構図なので「おー！」と思って頂ければ嬉《うれ》しいです。

えがおー (◎>◡<)

次に悩んだのは情報の取捨選択です。三巻では、多くの人物が登場して、それぞれが全く違う目線で色々な思惑を胸に秘めています。これを全て描いていたら、とんでもないページ数になります。

例えば健太《けんた》は出張中に何を見たのか。愛が開発を推し進める一方で、ビジネスチームはどのような話をしていたのか。握手会とか、ライブの詳細とか、バーチャルアイドル達の思惑とか、中野《なかの》さんが晴海《はれうみ》トトになった理由とか、本当に多くの要素を省略しています。理由は、本筋と全く関係無いからです。

第二章は、佐藤《さとう》愛の物語です。キラキラ輝く世界に憧れた彼女が、自分自身が輝ける夢を求めて努力する話です。彼女は三人の人物と関わりました。これは第一章と同様で、共通のテーマに対して、別々の疑問と、それぞれの疑問に対する答えを描く構成になっています。

佐藤愛の「疑問」は作中で何度も描写されました。しかし「答え」は描かれませんでした。ラストシーン、あるいは表紙に描かれた愛ちゃんは、何を思っていたのでしょうね。それが明らかになるかどうかは……はい、そうです。売上によって決まります。

読者様の中に富裕層の方はいらっしゃいませんか!? 紙の本を三千冊ほど購入してください! 僅か四百万円で続刊がほぼ確定いたします! 友達が三千人いらっしゃる方による布教も可! なにとぞ!

以下、謝辞です。三巻も多くの方々の協力によって出版されることになりました。関わった全ての方に最大級の感謝を申し上げます。どうか、またの機会がありますように。えがおー!

PB
PASH!ブックス
戦乱と政争の果てに見せた生き様
最期は貴族らしく、逝く——
マスケットガールズ！
～転生参謀と戦列乙女たち～3
[著]漂月　[イラスト]sakiyamama
PASH UP!
URL https://pash-up.jp/
X(旧Twitter) @pash__up

この本を読んでのご意見・ご感想・ファンレターをお待ちしております。
〈宛先〉　〒104-8357　東京都中央区京橋 3-5-7
　　　　　（株）主婦と生活社　PASH! ブックス編集部
　　　　　「下城米雪先生」係
※本書は「小説家になろう」（https://syosetu.com）に掲載されていたものを、改稿のうえ書籍化したものです。
※この作品はフィクションであり、実在の人物・団体・法律・事件などとは一切関係ありません。

PB
PASH! ブックス

え、社内システム全てワンオペしている私を解雇ですか？３

2024 年 1 月 14 日　1 刷発行

著　者　下城米雪
イラスト　icchi
編集人　山口純平
発行人　倉次辰男
発行所　株式会社主婦と生活社
〒104-8357　東京都中央区京橋 3-5-7
03-3563-5315（編集）
03-3563-5121（販売）
03-3563-5125（生産）
ホームページ　https://www.shufu.co.jp
製版所　株式会社二葉企画
印刷所　大日本印刷株式会社
製本所　小泉製本株式会社
デザイン　坂野公一（welle design）
編集　松居 雅

　ISBN978-4-391-16161-8

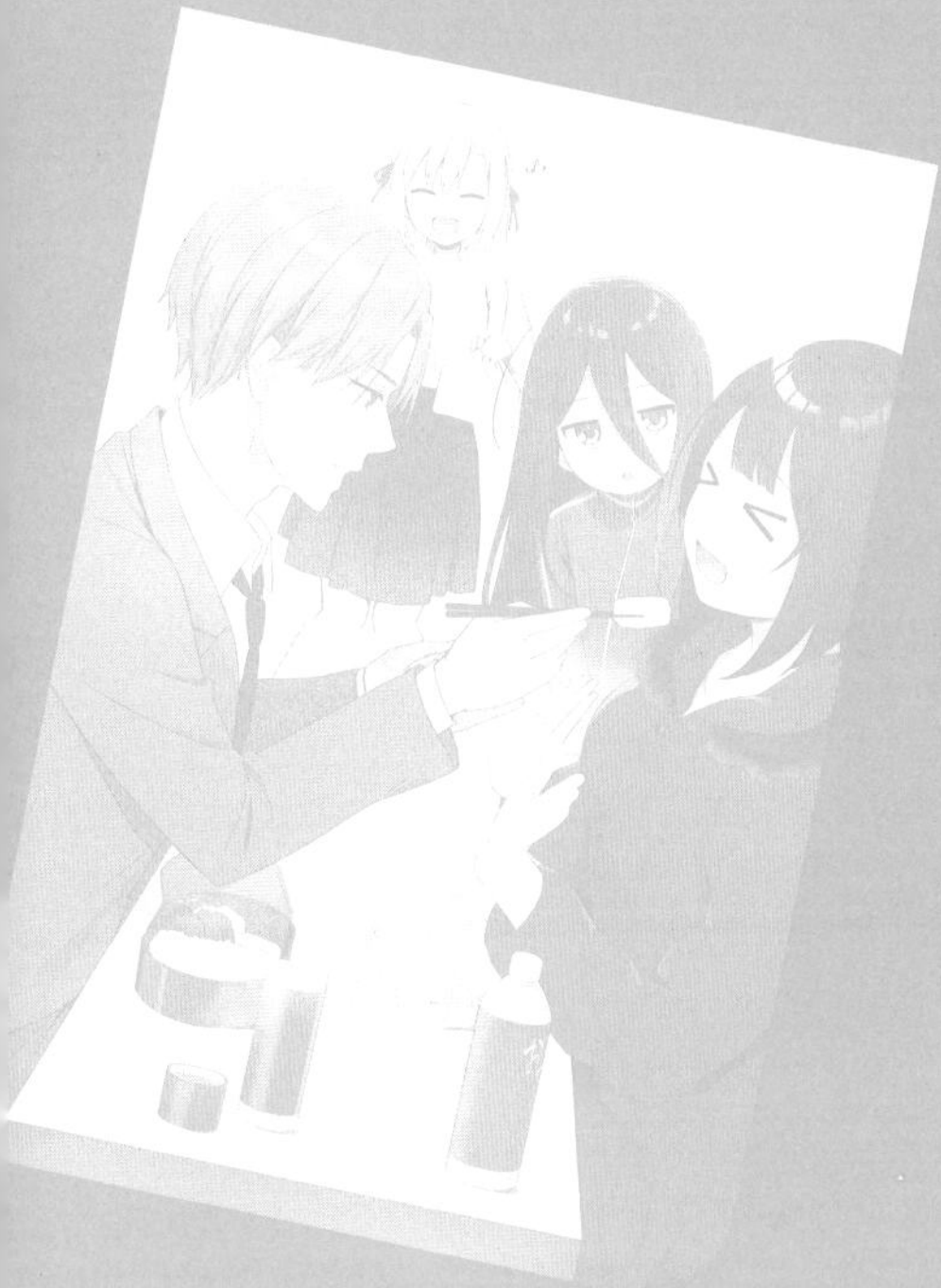